◉ 相约名家·"冰心奖"获奖作家作品精选 ◉

ZANGLINGYANG
GUIBAI

藏羚羊跪拜

王宗仁 著

高长梅　王培静/主编

九州出版社
JIUZHOUPRESS　全国百佳图书出版单位

图书在版编目（CIP）数据

藏羚羊跪拜 / 王宗仁著. -- 北京：九州出版社，2013.5
（2024.4 重印）

（相约名家·冰心奖获奖作家作品精选 / 高长梅，王培静主编）

ISBN 978-7-5108-2086-1

Ⅰ.①藏…　Ⅱ.①王…　Ⅲ.①散文集 – 中国 – 当代

Ⅳ.①I267

中国版本图书馆CIP数据核字（2013）第084963号

藏羚羊跪拜

作　　者	王宗仁　著
出版发行	九州出版社
地　　址	北京市西城区阜外大街甲35号（100037）
发行电话	（010）68992190/3/5/6
网　　址	www.jiuzhoupress.com
电子信箱	jiuzhou@jiuzhoupress.com
印　　刷	三河市恒升印装有限公司
开　　本	710毫米×1000毫米　16开
印　　张	9
字　　数	130千字
版　　次	2013年5月第1版
印　　次	2024年4月第11次印刷
书　　号	ISBN 978-7-5108-2086-1
定　　价	49.80元

出版说明

冰心是我国现代文学史上著名的作家,她的儿童文学作品和散文在中国文学史上占有重要位置。

这里所说的"冰心奖"包括"冰心儿童文学艺术奖"和"冰心散文奖"。

"冰心儿童文学艺术奖"创立于1990年。创立以来,它由最初的单一儿童图书奖,发展为包括图书、新作、艺术、作文四个奖项的综合性大奖,旨在鼓励儿童文学作品的创作出版,发现、培养新作者,支持和鼓励儿童艺术普及教育的发展。其中,"冰心儿童文学新作奖"与"宋庆龄儿童文学奖"、"陈伯吹儿童文学奖"、"全国儿童文学奖"并称国内四大儿童文学奖。

"冰心散文奖"是一项具有权威的全国性的散文大奖。冰心生前曾是中国散文学会名誉会长,"冰心散文奖"是遵照其生前遗愿而设立的,旨在彰显我国散文创作的成就,不断评选出题材广泛、思想敏锐、着力表现现实生活,创作形式风格多样的优秀散文。"冰心散文奖"是与"茅盾文学奖"、"鲁迅文学奖"并列的我国文学界散文类最高奖项,也是中国目前中国散文单项评奖的最高奖。

《相约名家·冰心奖获奖作家作品精选》共收录近年来荣获"冰心儿童文学艺术奖"和"冰心散文奖"的三十位作家的作品。这些作品无论是小说还是散文,或抒写人间大爱,或展现美丽风光,或揭示生活哲理,或写实社会万象,从不同角度给青少年读者以十分有益的启迪。

随着中小学课程改革的深入与发展,让中小学生多读书、读好书早已成为共识。我社推出本套大型丛书,希冀为提升中国的基础教育、为青少年的健康成长尽一份力。

九州出版社

目　录

C O N T E N T S

目 录

C O N T E N T S

目 录

CONTENTS

第一辑
草原藏香
ZANGLINGYANG
GUIBAI

藏羚羊跪拜

这是听来的一个西藏故事。发生故事的年代距今有好些年了。可是，我每次乘车穿过藏北无人区时总会不由自主地想起这个故事的主人公——那只将母爱浓缩于深深一跪的藏羚羊。

那时候，枪杀、乱逮野生动物是不受法律惩罚的。就是在今天，可可西里的枪声仍然带着罪恶的余音低回在自然保护区巡视卫士们的脚印难以到达的角落。当年举目可见的藏羚羊、野马、野驴、雪鸡、黄羊等，眼下已经成为凤毛麟角了。

当时，经常跑藏北的人总能看见一个肩披长发、留着浓密大胡子、脚蹬长筒藏靴的老猎人在青藏公路附近活动。那支磨得油光锃亮的权子枪斜挂在他身上，身后的两头藏牦牛驮着沉甸甸的各种猎物。他无名无姓，云游四方，朝别藏北雪，夜宿江河源，饿时大火煮黄羊肉，渴时一碗冰雪水。猎获的那些皮张自然会卖来一些钱，他除了自己消费一部分外，更多地用来救济路遇的朝圣者。那些磕长头去拉萨朝觐的藏家人心甘情愿地走一条布满艰难和险情的漫漫长路。每次老猎人在救济他们时总是含泪祝愿：上苍保佑，平安无事。

杀生和慈善在老猎人身上共存。促使他放下手中的权子枪是在发生了这样一件事以后——应该说那天是他很有福气的日子。大清早，他从帐篷里出来，伸伸懒腰，正准备要喝一铜碗酥油茶时，突然瞧见两步之遥对面的草坡上站立着一只肥肥壮壮的藏羚羊。他眼睛一亮，送上门来的美事！

沉睡了一夜的他浑身立即涌上来一股清爽的劲头，丝毫没有犹豫，就转身回到帐篷拿来了权子枪。他举枪瞄了起来，奇怪的是，那只肥壮的藏羚羊没有逃走，只是用企求的眼神望着他，然后冲着他前行两步，两条前腿扑通一声跪了下来。与此同时只见两行长泪从它眼里流了出来。老猎人的心头一软，扣扳机的手不由得松了一下。藏区流传着一句老幼皆知的俗语："天上飞的鸟，地上跑的鼠，都是通人性的。"此时藏羚羊给他下跪自然是求他饶命了。他是个猎手，不被藏羚羊的怜悯打动是情理之中的事。他双眼一闭，扳机在手指下一动，枪声响起，那只藏羚羊便栽倒在地。它倒地后仍是跪卧的姿势，眼里的两行泪迹也清晰地留着。

那天，老猎人没有像往日那样当即将获猎的藏羚羊开宰、扒皮。他的眼前老是浮现着给他跪拜的那只藏羚羊。他有些蹊跷，藏羚羊为什么要下跪？这是他几十年狩猎生涯中唯一一见到的一次情景。夜里躺在地铺上他也久久难以入眠，双手一直颤抖着……

次日，老猎人怀着忐忑不安的心情对那只藏羚羊开膛扒皮，他的手仍在颤抖。腹腔在刀刃下打开了，他吃惊得叫出了声，手中的屠刀咣当一声掉在地上……原来在藏羚羊的子宫里，静静卧着一只小藏羚羊，它已经成形，自然是死了。这时候，老猎人才明白为什么藏羚羊的身体肥肥壮壮，也才明白为什么要弯下笨重的身子为自己下跪：它是求猎人留下自己孩子的一条命呀！

天下所有慈母的跪拜，包括动物在内，都是神圣的。

老猎人的开膛破肚半途而停。

当天，他没有出猎，在山坡上挖了个坑，将那只藏羚羊连同它没有出世的孩子掩埋了，同时埋掉的还有他的权子枪……

从此，这个老猎人在藏北草原上消失，没有人知道他的下落。

父亲墓前第十棵白杨树

我接到成闻君上尉从长沙打来的电话，她告诉我，刚回了一趟青藏线，给爸爸墓前又栽了一棵小白杨。

噢，我想起来了，闻君几乎每年都要为爸爸送一棵白杨树，这应该是第十棵树了吧！爸爸躺的那个地方干燥得石头都冒烟，太需要绿色滋润了。

闻君是个苦命女娃，没有得到过爸爸的关爱，也不知道母爱是什么滋味。在她出生的半年前爸爸就去了另一个世界，不久妈妈也嫁了人。她是在年迈体弱的爷爷那贫寒的怀抱里暖大的，爷爷含辛茹苦。

她长到15岁……

对于汽车兵成元生来说，那个六月雪猛刮的午后是他生命终结的黑色日子。那天，他驾驶着一辆载着战备物资的军车，行驶在藏北无人的公路上。突然他觉得头有些发涨、痛。他没在意，照常开车。每次开车走上青藏线，他都无一例外地要受到高山反应的残酷袭击，已经习惯了。可是这一回不那么简单，很快头像是裂开般巨痛，他脸色苍白，两腿不住地扭动着，额头滚动着小米粒似的汗珠。当汽车驶上海拔近5000米的四道梁时，空气越加稀薄，风雪拧成一个个圆柱在天地间旋转，扑摔。成元生用手砸太阳穴，让助手帮着砸，也止不住疼痛。他忍耐着，对助手说，我们一定要把物资送到边防，否则这和在火线上没有攻下敌人碉堡无任何区别。

那趟任务，成元生是毫不含糊地完成了，他也永远地倒在了雪山上。成元生不是第一个献身于青藏高原的汽车兵，但他绝对是第一个荣立一等功的高原运输兵。家里没有了支撑的大树，爹爹老泪纵横地呼天唤地，身怀六甲的妻子捧着丈夫的照片哭得死去活来。

成闻军要继承爸爸的遗愿，当兵去！她拿着爷爷去世时紧紧攥在手心里的爸爸写的信封，不知道坐了多少次车，火车、汽车；汽车、火车。当她走进青藏兵站部的营门时，用"蓬头垢面"来形容她的艰辛凄惨相绝不过分。部队领导听了她含泪的诉说，了解了姑娘的身世和愿望，同时也给她讲了爸爸不平凡的事迹。部队接收了她。

闻君穿上军装后的第一件事，就是给爸爸扫墓。爸爸长眠在昆仑山下的戈壁滩上。一片望不到边的草原上满是大小不一的坟堆，她在老同志的指点下好不容易找到了爸爸的安身处。没有墓碑，没有绿草，没有鲜花，一切都被岁月荡平了。她跪在沙石烫人的地上，告慰爸爸：我是代表去世的爷爷和远走的妈妈来看望爸爸的。爷爷临终前最放心不下的就是咱父女俩没有团圆，妈妈离家时再三渴求爷爷，让我长大后上高原来看望爸爸。爸爸，现在女儿来到你身边，这些夙愿都实现了，你也该含笑瞑目了吧！

闻君特地把从青海湖畔带来的一棵小白杨树栽在了爸爸墓前。荒原的日头太毒，让它给爸爸遮荫凉；戈壁滩缺水喝，让它给爸爸送清爽；昆仑山太寂寞，让它给爸爸做个伴。

闻君在爸爸墓前栽下第四棵白杨树的那年，她考上了北京某军医学校，学习护理专业。入学三年，她除了去天安门照了一张照片，其他时间都是在校园里泼洒心血和汗水，攻读功课。

许多人不曾想到的事闻君做出来了。毕业分配时上级打算留她在北京工作，她一心不改地回到了昆仑山下的驻军医院。她说，我的根在高原。爸爸一个人躺在昆仑山太孤独了，我怎能离开他呢！

闻君带着父辈的动力舍身忘我地忙碌在新的工作岗位上。巡诊走上四千里青藏线，她在长江源头迎日出日落；守候危重病人，她轻轻的指间拥满对战友的情；送医送药到藏村，她的脚步带来春天的呼吸。谁说闻君没有见到爸爸，在她辛劳奔波的日子里，爸爸始终陪伴着她！

她照例年年给爸爸扫墓，墓前的白杨树已经站成了长长的小队伍。白杨树呀，它和昆仑山的气脉相承，它是春天的苗，秋天的穗。它守卫着爸爸的灵魂，它张扬着一位女兵对祖国疆土的深沉热爱。

不久前，成闻君带着昆仑山的神灵，调离高原回到了爸爸的故乡。她心在雪山，魂在戈壁，回家乡一年就重返青藏线探望爸爸。就在她给爸爸栽种第十棵白杨树时，看到的一幕情景令她终生难忘。

一位藏族老阿爸忙前忙后地给杨树浇着水，闻君问及原由，老人深情万感地说："好久无雨了，树苗苗渴了，我给它喝点水，躺在地下的人才安生！"

在这大旱的日子里，闻君觉得老阿爸的话犹如把长江的波涛引进她的心扉，只觉浑身鼓胀着攀山的大劲！

格尔木姑娘

我们相识那年，她们都没有谈朋友，连目标也没有，她们说这叫"一穷二白"。但是，那是自由飞翔的三只小鸟，无忧无虑，她们异口同声地说过这样的话：不结婚多好，永远没人给你脖子上套缰绳，想往哪儿飞就抖起翅膀往哪儿飞。我驳了她们一句：别犟嘴，到时候都要嫁汉子，抱娃娃，哪个女孩也躲不过。她们撇撇嘴，拿眼睛瞪我。不信。

不觉间岁月流逝五载，三个女孩都花开有主，各自有了男朋友，用她们的话说"大局已定"。那年，我就说过这样的话：不论现在和将来，即使有一天你们成了别人的婆姨，我见面还会称你们姑娘。她们听了拍手称赞，姑娘多好，浪漫又清纯，叫起来动心，听起来润耳。我们一辈子都愿意当"姑娘"！

三个姑娘家住在很远很远的昆仑山下，那个地方叫格尔木。格尔木是青藏公路的咽喉，海拔2800米。六月里也飘雪花，空中飞过的鸟儿翅膀上都驮着雪，你站在路边等车，雪片准会沾白了睫毛。格尔木气候寒冷，但很清爽，很干净。对啦，"格尔木"三个字是蒙语，意思是河流密集的荒原。可是，这里有那么多的河流吗？只有在雪化冰消的日子里，戈壁滩才淌过几条季节河。刮一阵风沙，河就流得无踪无影啦。三个姑娘说，河多河少管他呢，水深水浅也没关系，反正格尔木是我们的家，爱都爱不够哩！这儿有昆仑山，有戈壁滩，有季节河，这儿缺氧，多气派！

看，氧气缺少也成了骄傲的资本。有句话：爱一个人连他的缺点也一起爱。在三个姑娘的眼里，格尔木的酷寒、风沙、缺氧，也变成了美丽的风景。

我真的无法忘记我们的初识。那是在可可西里的楚玛尔河里，我和她们都挽起裤腿扑腾在水里，为一只离群的藏羚羊洗澡。击水、吵闹、抱团，猴疯着，脸上、身上溅满了水，特别是姑娘们发辫上的水珠，莹光闪亮，把她们一个个都装扮成了小美人。我真希望永远都保持这份童心，经常能有闲暇到楚玛尔河去疯一次。

三个姑娘的名字叫：袁敏、艾君、唐梅。当时她们正是花蕾年龄：18岁。

我们五年后的这次重逢，是在格尔木我的临时住处，隔窗就能瞅见格尔木路口南来北往奔忙的汽车，再远处就是白雪皑皑的昆仑山峰。不知为什么刚见面我就觉得大家的心情很沉重。当然，后来我明白了，三个姑娘懂得了思念，我也跟着她们思念。思念远方亲人的女人最愿意倾诉。掏肝挖肺的倾诉是女人独有的本事。真的！

她们的男朋友都不在身边，相隔着山道水路，哪一个都有上千里远。不少男孩在离开女朋友时日子过得照样充实，甚至蛮滋润。但是，女孩不会这么超脱，她们离开了男人生活立马会变得枯燥，苦涩。抱着空空的分离，等着苦苦的相聚。企盼，除了企盼就是等待。有人说女人是依附在男人身上的藤。谁能说得清楚这话有几分对几分错？三个姑娘对远方未婚夫的思念和牵挂几乎占去了她们业余生活的全部。她们说，在想他的日子里，以往在一起的争吵也成了甜蜜的回忆，想到的全是未来老公的优点。

我听罢，笑了，问：你们不是说过，一辈子不结婚才好吗？她们摆手：不对，不对！那是哪年的皇历了，现在谁还会这么傻。忘掉那些话吧！

姑娘们长心眼了，懂得疼男人了。好吗！作为一个男性，我确实为她们能有这样一份可贵的感情而心动。

后来在我和她们有了进一步的交谈之后，她们的想法有了180度的转变。她们都认为，思念和牵挂其实也是一种享受，另一种有滋有味的幸福中的享受。袁敏说：你想想吧，他就在你眼前，却够不着也看不见，可你总是盼着能看见他，甚至想拥抱他。多美好呀，永远都诱惑着你去追他，想他！爱情就怕缺少这种"追"的动力。

艾君、唐梅马上接上去说：阿敏说得对极了，把男人装在心里比抱在怀里要幸福得多，这是长久的幸福！

噢，女人比男人懂得多，也比男人更深刻！

袁敏马上对我说：你千万别误会，以为我们活得很轻松，不是的，牵挂也有痛苦的时候。所以，我并不想把这种够不着的相爱延续下去，但是我没有理由不珍惜它。我们一辈子都应该感谢苦涩乃至感情上经受的各种折磨，少了它还能叫生活吗？

我们的谈话便由此开端。

她们伸手去推，思念却越推越近……

这个夜晚，在格尔木我暂住的这个不足20平米的房间，容纳着明月的相思以及因为月缺而带来的遗憾。要不是三个姑娘提醒我这天是8月15，我真的忘记了该吃月饼。

今夜无法入睡。欢愉搅拌着伤感，期盼相随着惆怅，把这个小小的空间塞得满满的。三个女孩的男朋友都是军人，或曾经是军人。袁敏的男朋友是唐古拉山兵站的军医。艾君的男朋友原来是守卫布达拉宫广场的警卫战士，三年前退伍到了南方某地跑生意。唐梅的男朋友是驻守在西藏边防的一个排长。

我和三个姑娘的话题无论如何躲不开她们谈论各自心爱的人。她们对我说："你跟着我们一起享受吧，该高兴时就畅笑，该伤心时就流泪。"

我很痛快地回答：我愿意奉陪到底。首先是从艾君的一首诗开场的，她是三人中的诗人，心中多有感慨时总有妙句喷出。今晚自然不会例外。

中秋夜，你没回家
满天的星星是我思念的泪花，
远方的你呀，还记着家吗？

中秋夜，你没回家
飘晃的风筝是我的一线牵挂，
远方的你呀，何时回家。

南飞的大雁捎去了我的情话，
渐凉的秋风也在催着你，
我的爱人呀，快快回家。

艾君朗诵完诗，热泪早就充盈了眼眶。袁敏已经背诵下了这首诗，她又复诵了一遍，泪水几乎使她无法背诵下去了。女人最善于同情女人，对方开心时她不一定大笑，对方悲伤时她必然跟着抹眼泪。几乎所有女人的心肠都是连通着的。

无语。屋内空间变大。

艾君的情绪稳定了些，她感叹着：大部分女人都嫁不了自己真爱的男人。可是对身边的这个人又恨不起来。

我想缓和一下气氛，便以一个局外人的口气问艾君："他常来信吗？"艾君低着头，说："有一搭没一搭的，每次的信简练得都像一份电报。好像不是从前我认识的他了！"

"你知道他在外面生意做得怎么样，日子过得好吗？"我问。

她摇摇头。

由于人为的因素给女人带来了不少的约束和痛苦，所以就有人说柔弱是女人的天性。

艾君抬起了头，眼里含着泪："他不容易呀，身边没人照管他。他像一滴离开大河的水珠，到处寻找着一汪水塘，一条小溪。只有找到我，他才能生存，才能开心。可是，难呀！我已经给他去信了，让他悠着劲干，实在不行就回到格尔木来，在自个家里啃窝窝头也是香的！"

唐敏插问：你为什么不早点登记结婚，赶快要个娃儿，拴住男人的心就得早些抱娃儿。

艾君长叹一声：他总是在外面颠呀颠的，让我和谁登记？再说就是登记了，他一年365天都不在家，这娃儿能从石头缝蹦出来吗？

那年，未婚夫退伍后要去南方跑生意，艾君坚决反对。但是最终她也没有拗过他的犟劲。也难怪他这么执著，从部队回到格尔木都快一年了，也找不到一份可以让他满意的工作。他是被"逼"到南方的。其实每对恋人乃至每个家庭的夫妻都是这样，既没有当事人描述的那么可怜，也没有旁观者看到的那么完美，其中的甘甜酸楚只有自己知道。女人就像一盘小磨，日夜不停地转着，最初为男人转着，慢慢地就变成为儿女转着。当为儿女转的成分超过男人时，她就失去了在男人心中爱的重量。女人哟，难当！

艾君直纳闷：往日的相爱是不是诗？眼下的分离到底离诗还有多远？她在不断反省自己：是我对爱情的期望太高，还是爱情本身就很难嚼出诗的韵律？

机灵小巧的袁敏说话了，她说的是她和她的张山的故事。

她说，我对张山就一个字：爱。我只爱他一个男人，也要求他只爱我一个女人。我的生活里不能没有他，我也要求他不能离开我！

我正想插话，没想艾君不经意地问了袁敏一句：怪不得人说爱是自私的，袁敏和张山就只爱一个人，就两人互相爱。如果大家都像你们二位，这个世界还能充满爱吗？爱一个，只许爱一个，太自私了，比自私还自私！

袁敏：也许我不该说得这么直白、这么绝对，艾君，你的悲哀正是在这个原则问题上放纵了他。

艾君没想到引火烧了身，不吭声了。

我倒是很平和地提出了自己的疑问：张山在唐古拉山，你在格尔木，相隔一千多里地，你怎么才能做到离不开他？

袁敏快人快语：我追他到唐古拉山！

她说：她最快乐的日子是在张山的车座上度过的。那是在他们相识后不久，热恋的日子里，张山回格尔木休探亲假。他几乎天天蹬着自行车驮着她，在格尔木到处转，转了河东又转河西，溜了新城又逛老城，有时还走出格尔木在青藏公路上兜一遭。她问张山，姓张的，你准备把我驮到哪儿去？张山回答：驮到西藏去。她也高兴地说，说话算数，如果我在西藏走丢了，你如果哭鼻子，你就是狗熊。张山说，好啦，我不和你争了，就算你是狗熊还不行吗？她狠劲地砸着张山的背，要他叫声姐才罢休。那时候她竟然这么想：天下最幸福的事是坐在张山的车座上去旅游！

生活毕竟不会像袁敏想的那么浪漫，很快张山就度完假要上山了。她想，我就不离开你，你上山我也上山。不就是山高缺氧吗？在未婚夫身边还在乎氧气多少？她便请了假，在格尔木市场买了三个西瓜，拦了一辆进藏的汽车，给司机塞了200元，坐进驾驶室上山了。她听张山讲过，他们在山上根本见不着西瓜，每次看到电视里那水灵灵的瓜果，馋得直流口水。袁敏根本没有想到，车子一驶进可可西里，她的头就疼起来了，一阵比一阵厉害。她叫了一声"大哥"，恳求司机停一下车，缓口气。没想到那司机伸出拇指和食指在她眼前捏出了一个响声，说：大妹子，有了高山反应绝对不能停车，要憋足劲往前走。怎么办呢？这时候你要想最美好的事，高山反应就没地方待了。你不是上山去看"老公"吗？那你就一个劲地想"老公"。袁敏说：大哥，不瞒你说，我从上车那刻起，就一直想着他，不管用啊！司机很调皮地说：想他不管用，那你就想别人吧，比如想想我嘛。袁敏笑着揶揄他：好大哥呢，你就坐在我身边都没挡住高山反应，如果闭上眼睛想你那不是更没辙了吗？司机脸一红，不言声了。过了一会儿才说：大妹子，开个玩笑，别见怪。我这里把车开快点让你早点见到"老公"，这才是制服高山反应的灵丹妙药。

我绝对相信司机说的这个"秘方"。这时，我问袁敏：你上山后日子过得挺舒心吧。

没想到这个在我看来可以得到肯定答案的问题，袁敏却犹豫了一下，才说：幸福都是相对的，恋人之间也不例外。我上山后不久，就发现那儿是另外一个天地，节奏很紧张的、整齐划一的军人世界，张山融化在其中，他已经完全不是在格尔木蹬着自行车驮着我愉快地转悠的那个张山了。他抱怨我上了山，说：这儿是军营，全是男子汉，不伦不类地出现了一个闲着无事的女人，你算哪壶？我反驳他说：战士们都欢迎我上山，为什么就你这么贞节？他说，正因为战士们对你表现得那么亲热，才说明你不该来军营。我在山上待了一个星期，我们时不时为了一些并不重要的事情发生矛盾，吵几句。当然吵过后一切又同归于好。自然每次都是张山向我道歉。奇怪的是这争争吵吵竟然像调和剂一样平衡、充实着我俩的生活。如果有那么一天或几天不吵上几句，反而觉得不习惯，生活中好像少了点什么内容。我渐渐地体会到了，人的弱点常常相伴着优点而存在，你既然选择了他做终生伴侣，就要在欣赏他的长处的同时，也应该包容甚至诗意化他的短处。所以，我总是睁大眼睛看张山的长处，来充实我自己。这样，我就越看越爱他。我以后还会上山看张山的，但愿他不要再赶着我下山……

直到袁敏讲完，屋子里又呈现出寂静后，我们才发现唐梅一直没有说话。她满脸的忧郁，心事重重。当我们都把眼光转向她，提醒她"该你说话"了时，她才细声慢语地说："我算了算，他已经有三个月零五天没有来信了。今晚好想他呀！挂在昆仑山颠的那颗圆月在我眼里怎么也圆不起来。"她抬头望望窗外，银峰上的金黄满月，分明在流泪。"他们那个偏僻的地方收信发信两头难，信写好了，要跑十来里地才有个邮政代办所。寄给他的信，从格尔木出发，没有一个月到不了他的手里。这说的还是正常情况，如果碰上雪封山什么的，收信寄信的日子就更没准了。可是不管怎么说，现在三个多月了，该有他的信来了！他为什么不来信呢？为什么不来信？前些日子我听说边防发生了一次雪崩，我这个心呀都提到嗓子眼……"

她的声音越来越小，最后她低下头，不吭声了。

我们都不知道该给她说些什么安慰的话才好。其实安慰有什么用？我们在心里替她分担着那份愁虑。

军人的未婚妻呀，比别的女人总要多一份牵挂。

唐梅沉默了一会儿后，又倾吐起怅惘的心情：夜里我时常独坐，总要把电视看到发白。我尽量去回忆我和他相处时那些发烫发甜的日子，可是孤独、伤感却不由自主地向我袭来。这时候，我才更深刻地体会到爱情其实就是孟姜女哭倒长城的那一块块砖，就是许仙在断桥边的那一把伞。爱情呀你姓什么？爱情永远姓思念！

…………

格尔木的夜，静得连姑娘们牵挂男人的恸哭声都能传到很远很远的地方。

生活中的每一个故事都应该有自己的结局。

格尔木三个姑娘的故事结局在哪里……

绿色帐篷上的红藏裙

在我的记忆里，青藏高原入冬的第一场雪，总是不偏不倚地在唐古拉山南麓的藏北草原悄然而至。那里的最低气温接近零下40摄氏度。自然也有例外的时候，有一年的第一场雪却绕开唐古拉山出其不意地降在了拉萨。雪里的拉萨好像流水，雪比水柔情，但是雪冷。因了这场雪便有了一个我这一生都难忘的故事，这场冬雪用她酷寒而多情的手塑造了一个春天似的姑娘德吉央宗的形象。

那年，德吉央宗才16岁，是我们临时营地的邻居。白天，我们连队的三台车在拉萨东郊卸完货物后，原准备行驶50公里到羊八井兵站住宿。没想到大雪突降拉萨，越下越大，市区所有的道路都塞满了雪障，四野迷蒙。雪中，布达拉宫自有不同平时的一种气势，拉萨河刺耳的响声也比平日增大了音量。作为带领小车队的副指导员，我便决定在拉萨住下来。我们在布达拉宫旁边的藏民区找了块空地，没有惊扰藏胞，轻手轻脚地撑开行军帐篷。三台车六个兵，加上我共7人，挤疙瘩似的蜷缩在四面透风的帐篷里。渐渐变小的雪疲惫地拍击着寒夜，风却更紧了。尤其是帐篷顶端的那个天窗是雪片寒风的通道，我们虽然做了些遮掩，却无济于事。好在只是一夜，凑凑合合就熬过去了。

许是劳累一天浑身散乏，几个兵友顾不得帐篷里有多冷竟然呼呼入睡了。鼾声和着嗖嗖的风雪，声声入我耳，使我心里涌满疼爱怜悯之情。兵呀，多好的兵，白天如虎，夜里似猫，刚与柔融汇得天衣无缝。我长时间地醒着，伴着我的战友酣睡。正是在这时候，我从帐篷的门缝隙瞭望了夜色里的布达拉宫。雪雾茫茫，我只能看到山坡上那影影绰绰的还未被雪完全盖住的层叠有序的窗口，虽不清晰，倒也别致。间或有窗透出灯光，白雪映衬，多了几分生气，使我感动。我仿佛听见从窗口溢出的诵经声，想那虔诚的喇嘛抱朴守真，出世或入世都满怀忠诚不渝的品德和秉性。那越来越真切的诵经声将我带向小窗前，我的心竟也傲然得一尘不染了。

就在我正入神痴情地欣赏布达拉宫夜景时，突然觉得帐篷摇晃了几下，好像有人在帐篷外面做着什么。我本想探个究竟，可又一想，这么大风雪帐篷动弹几下不足为奇，也就作罢了。只是其后帐篷里的风声小了，也暖和了许多。是什么把寒夜的冷气挡在帐篷之外？我的心情变得像早春一样舒畅。早春，它的喜悦是一切的喜悦。我渐渐入睡，梦里走在春天的路上。

等我睁开眼睛，已是次日清晨，帐篷里一片白亮亮的阳光。风停雪止，拉萨经过一夜风啸雪吼变得格外静穆。我揉揉惺忪的睡眼，有一种好像从遥远的地方刚归来的感觉。昨晚发生的一切已经不留痕迹地消失了。这时我听见从帐篷外传来一阵吱啦吱啦的扫雪声，很有节奏，也很悦耳。我出去一看，从我们帐篷前已经清扫出一条干干净净、滴雪不沾的小路。路尽头有个人影正在猫腰扫雪，路一直向布达拉宫广场延伸。那扫雪人的身子一左一右地动着，极像一棵在雪中随风摇曳的小树，我分明看见那树迎着雪花勃勃发芽了。清亮的歌声响在刚刚扫出的路上。

我踏着歌声上前一看，原来是一位藏家少女正在满脸热汗地扫雪。她的脸冻得红扑扑的，缀在上面的每粒汗珠都含着笑容。还没等我开口，少女就直起身子与我打招呼：金珠玛米叔叔，夜里让你们挨冻了！我忙说，谢谢你，这么早就起来为我们清雪扫路。她说，雪停了，住在这里的人都要出门，这路是大家走的，不单是为你们。

我知道了藏族少女叫德吉央宗，便和她一起扫雪。一直扫到布达拉宫广场。那里已经有人扫出了一条大路。小路和大路衔接。

我和德吉央宗回到帐篷时，其他几个兵友都醒了。他们正拿着一件红色的藏裙议论着。发生了什么事？我一打听方知，这件藏裙昨晚就盖在帐篷的天窗上，为我们遮挡了一夜风寒。我似乎有所开悟，却又迷迷蒙蒙。我转身想问我们的邻居德吉央宗这是怎么一回事，谁知她已走远。那扛着扫把的身影很调皮地在雪地里闪动着。我又觉得那是一棵在雪天勃勃发芽的树。她还回过头朝我诡秘地一笑。

我拿着藏袍，紧紧地攥着，仿如触摸到大地深处的暖流。这藏袍昨夜如一朵藏红花开在我们的帐篷顶，它在冰雪之下，浊雾之上，用柔柔的裙摆叙述着一个藏家姑娘的温情和娴静。此刻，藏裙的褶皱里仍有未化完的雪尘，但它照样驱散着我体内的寒气……

草原藏香

从汽车抛锚在藏北草原的那一刻，以至五十多年后到今天我回忆起来，始终认为那个夜晚是我人生中最黑暗也最郁闷的一夜。当然也是我温馨地享受藏汉民族深情厚爱的一夜。如果用伸手不见五指来形容那晚的漆黑和阴森，显然太轻描淡写了。我和助手旮义成共同的感觉是，我们掉进了深不见底的深井里，成为随时都可能漂走或沉没的浮在水面的木桶。嵌进骨髓里的可怕孤独把我们逼到黑暗的深处，绝望的境地。或者更确切地说，我们的身体也仿佛变成了黑夜的一部分。当时我已经从驾驶室下来站在了汽车保险杠前，什么也看不见，但是我莫名其妙地感到我离天很近，所以我多想用指头在夜幕上戳个洞让太阳光射进来。没有太阳钻进来有几颗星星也行啊！

我们要干活呀，坏了的汽车需要修理！

偏偏又是车灯坏了，无月无星无车灯，怎么修车……

那天，我们从拉萨出发赶回西宁时，已经是午后两点多钟了。原计划是次日清晨回驻地，我和助手为了赶到驻地执行另一次运输任务，就提前上路了。生活中发生的所有事与愿违的事几乎都是突然袭来。我驾驶汽车赶路行驶到藏北草原不久，车灯就莫名其妙地坏了。当时大约是深夜一点钟，无村无店，夜色浓重得仿佛刺刀也戳不出一点火星来。四周是黑洞洞的深渊，我们的眼睛完全失去了功能，车和人整个被夜色淹没。那条延展在汽车前后的青藏公路也随着车灯的熄灭匆匆远去。

我们还得候车，必须候车！

藏北夜晚的这一刻，变成了一部厚厚的无字的书。世界仿佛不存在，也没有了时间的概念。我们要创造新的故事，因为夜色里有两个醒着的军人！

我对旮说：拿扳手来，咱们把灯修好！

他递过来的却是钳子。

我又说，给我电线。他回应：摸遍了工具箱都摸不到。

黑夜瞎火。黑夜不仅使时间变得漫长，也让人的思维错乱！

我索性自己在工具箱里摸揣着我需要的一切。我想，哪怕能摸出一颗星星也好！我确实有一种本能的感觉，我的指尖能把黎明牵出来，让它突然出现在这藏北夜色浓浓的时候……

她就是在这时候出现的。藏族姑娘卓玛。

　　我是在闻到一股淡淡的无法抹掉的幽香之后看到她的。确实淡淡的。有的时候正因为淡，才无法轻看它！她那温和宁静的身影虽然融在夜色里，我却能感觉出，她的眼神远远地将生命的甘露射向我们冰冷的心田。

　　那是几点晃动的微光，有时又晃成了一点。不是火，也不像灯，如似米粒般微光。微吗？又很倔强，夜色始终没有吞没它。它贴在夜的皮肤上，很不示弱地将微光展示给藏北。乍看一眼，很像饥饿的果子，多瞅一会儿，心就被它烘暖。那是拯救饥饿的圣火！我们对它，不，首先是它对我们饱含着激励和爱意。我捅了捅咎：

　　"不要惊动它，多看一会儿！"

　　"别出声，让它走近我们！"咎的声音很小。

　　我俩暂时停下手中要干的活儿，毫不夸张地说每一个毛细孔都怀着既是惊讶又不是特别疑惑的温暖心情，瞭望着不远处，那一束犹如蔷薇花似的静静开放着的光点。向往的喜悦使我心头的倦意渐渐消失。

　　天在夜里，山在雾里，光在夜行人的心里。

　　藏北夜的精灵，魂的眼泪……

　　我突然有了一种愿望，索性把自己融入夜色的血管里——我深信藏北的大地会有血管，那微光就是它流动的血液——甩掉身上的压抑、寒冷和疲倦。让这纯净的微光把心儿洗净。

　　是的，正是这点离我们渐行渐近的光亮，打扫了黑沉沉的夜色。

　　我做梦都没有想到的是，那束微光在快要逼近我们的一瞬间，竟然发出了声音："金鹏来了要找窝，金珠玛米来了要歇脚。你们为什么宁愿在山里挨冻，却不进藏家的帐篷去暖暖身子？"

　　女孩的声音，带着草尖上露珠和太阳暖色的柔美声音。绝不是隔山架岭，她分明就在我们眼前。虽然她并没有现身，声音仍然来自那一豆微光。坦率地说，这是一个我们无论如何没有预料到的结果，会有女孩来请困在山野的我们到她的帐篷里歇脚。我一时手忙脚乱，竟然不知对她说些什么。咎毕竟是我的助手，他知道这时候自己该有事情做了，便迎上去说：

　　"谢谢姑娘的好心好意，我们的军车坏了，需要在这里修好。麻烦你借一盏灯给我们照亮，你的帐篷我们就不便进去了！"

姑娘执意要让我们到她帐篷去歇脚，她说："修车可以等到出来太阳天亮的时候，这么冷的天气，荒天野地你们要挨冻的！帐篷里就是家，先暖和了你们的手脚，再暖和你们心。还是进家吧！"

这番话吐露得好中肯！说毕她自报家门：我叫卓玛，是阿妈让我出来请你们到帐篷里去歇脚的。她知道是金珠玛米的军车才让我出来请你们！

善良最能抹去人心的距离。会说话的卓玛打动了我和昝的心，我俩不约而同地不由自主地上前一步，要细细看看这个姑娘的脸蛋。藏家人有这样的俗话："善解人意的姑娘最漂亮，漂亮姑娘总是把自己的热心肠挂在红红的脸蛋上。"这样夜色浓浓的夜晚，我当然看不清卓玛的脸蛋了，但是我却清楚地看见她手里捧着一束正点燃着的藏香。点点火星，明明灭灭，喷吐着浓浓淡淡的扑鼻香气。她的脸庞在藏香的映照下，显露着明明暗暗的被高原风雪镀得岩石般的光，一束束编扎得精密、细小的辫子修剪着她的脸蛋，使她显得羞涩也越发美丽。让人欲看不能，舍之不忍。啊，好一朵藏北深山的格桑花！卓玛，你是用花擦亮了脸蛋的姑娘！藏北的小溪，清澈见底又深藏不露！

我逮住了卓玛在谈话中透露的这样一个细节：她说是她的阿妈让她出来请我们这两个金珠玛米到帐篷去歇脚。这使我好生奇怪，黑沉沉的深夜，老人又没有出门，她怎么会知道是金珠玛米的军车？

卓玛回答我："阿妈是我们藏村里人人都尊敬的精明又善良的老人。她虽然双目失明，什么也看不见，瘫痪在床上也快20年了，下不了床，可是她的耳朵很灵敏。不能眼观六路，却可以耳听八方。她长年坐在地铺上，手里捻着佛珠，安静地听着帐篷外公路上的各种声音，动物跑过，行人走过，汽车碾过，甚至就连风儿吹过……她都能分辨得很清楚。特别是对金珠玛米的汽车声音辨得最清，司机一摁喇叭，她就知道是亲人的汽车开过来了！"

"怎么一听喇叭的声音，就能辨别出是金珠玛米来了？"

"军车司机过藏村时，车子开得很慢，摁喇叭总是轻轻的声音，绝不会狠摁不放。特别是在夜晚，他们的汽车更是像吹了一阵轻风一样过藏村，怕惊扰了牧民的睡梦！"

我深情万种地看着手捧藏香站在面前的卓玛姑娘，心里涌满着激动和爱怜之情。对她，更多的是对还没有谋面的她阿妈的感恩，钦佩。藏北草原是那样辽阔，远方仍然有夜幕笼罩，星月也没有钻出云层，可是我已闻到了迎面扑来的亲人的气流和温馨。有人说，有时一棵草就是一片草原，也许这棵草尖上的露珠还带着没有褪净的苦涩，但毕竟让我尝到了清凉。我当然很愿意走进帐篷去歇脚，尤其想给热爱着金珠玛米的老阿妈行一个正规的军礼。但是军情在身的我们无暇兑现这个心愿，只有待来日再回拜慈善的老人家了。我对卓玛姑娘说：

"我还是那个请求，借一盏油灯，就是你们藏家的酥油灯，给我们照明，让我们修好汽车好赶路！"

卓玛竟然那么固执，说："酥油灯就不必借了，我再燃起一束藏香，照着你们修车。你要知道两束或者三束藏香的光亮会像酥油灯一样明亮！"

为什么非要用藏香照亮呢？

卓玛这样回答我："阿妈这大半生都是这么坚信不改，她认为藏家人迎接尊贵的客人，就像进寺庙朝佛拜神一样敬重。我们请回来的藏香只有进寺庙时才用。对于心中的活菩萨金珠玛米当然例外！"

一片温暖的祥云在藏北的寒夜里升起，我和助手麻利地借着卓玛手中藏香的微光，修理抛锚的汽车。也许我们依旧看不大清楚一些东西，但是因为我们的手指尖上长了特殊的眼睛，特别是我们的心里装上了阿妈赠送的"酥油灯"，很快就整修好了汽车。告别卓玛，上路了。我要收藏这淡淡的藏香味，就像收藏月亮的清辉和太阳的明媚。我当然也会留一些激情，去点燃那些遥远的或在身边的仍然沉进在雾霾中的星星！

第二辑
地球上的第一缕霞光

ZANGLINGYANG

GUIBAI

前窗观雨后窗望雪

在我数十年间游历过的祖国山河中，最数走进可可西里生活丰盈，日子过得有滋有味的浪漫。那个地方气候多变，十里不同天，无风也起浪。有云就是雨，给我留下了难以抹去的印象。这四句顺口溜可以见证："不冻泉，不冻泉/气候一日三变化/朝砸冰雹暮落雨/照着太阳飘雪花。"不冻泉只是可可西里的一个地名，其实那里的五道梁、楚玛尔河、沱沱河、雁石坪的天气，都是一日三变，让人难以捉摸。

可可西里是唐古拉山与昆仑山之间一片广袤的荒野，面积约8.3万余平方公里。自然条件异常恶劣，平均海拔高度5000多米，最低处也有4200米。平均气温仅为零下4～10摄氏度。可可西里除了两条著名的山脉之外，中部均为起伏不大的山丘、台地和苔原地貌。这里是青藏高原湖泊最集中的地区，大于10平方公里的湖泊就有35个。在这个地形、气候极其复杂的地区，人们常常可以在同一时间同一地点看到太阳、暴雨、大雪、冰雹齐现的奇观异景。

每年夏天，可可西里多为艳阳高照、晴空万里的绝好天气。又高又蓝的天空，那些不知疲倦的鹰在悠然翱翔，给人的感觉是鹰的翅膀擦亮了蓝天。可是，突然之间，不知从何处猛乍乍地飞来一朵无根无源的云，钉子似的钉在晴空某个地方。就是这朵过路的云拧下了一场足以把戈壁滩泡软的阵雨。下雨的同时，那些鹰仍在云旁的蓝天上飞翔。可以推知，它们的翅膀一直是干的，它们下面的地面也是滴雨未落，枯草在热风里依然干渴地晃动着。

冰雹猛然间从天而落，在可可西里也是家常便饭。起风了，风是从雪山下的骆驼草丛中卷来，风头上绕着一朵或数朵乌云，乌云很快升至中天，却不遮住灿灿的太阳，只半绕着太阳。转瞬，噼里啪啦的冰雹就劈头盖脸般砸下来。遍地铺满了白花花的冰雹，小的如蚕豆，大的像拳头。由于太阳依旧高悬，满地的冰雹闪射着肃穆而冰冷的银光。如果这时有汽车正好遇上这场冰雹，司机不必担心雹子会砸坏引擎盖，只需加大油门快速行驶几分钟就可以驶出落雹区。司机停下车回头望时，冰雹已经停了。

最有情趣最令人思绪万千的还是我在五道梁看到的那前窗观雨后窗望雪的独特景观……

那次，我在位于可可西里腹地的五道梁兵站小住几日，为的是欣赏山野的风光，多拍摄一些可可西里的野性风景照片。太阳高高地悬在蓝天，遍地明媚着柔美的阳光。风平浪静，空气清新，可可西里透明得几乎能看到它腹部的五脏六腑。我拿着傻瓜照相机，快速地从各个角度拍摄着迷人的景物。我贪婪得巴不得将整个可可西里都装进镜头。陪我同行的兵站站长陈二位提醒我："你要抓紧拍，好景不会太长。这里的天气说变脸就变脸，见云便是雨，起风就扬雪。"他的话音刚落下，天色忽就暗淡下来。太阳被云遮住了。陈二位拉着我走进不远处的一间小木屋。这时哗哗大雨已经下起来了。如果迟一步，我俩都会变成落汤鸡了。

陈二位说，小木屋原本是为了让进出可可西里深地的官兵歇脚的，谁会想到它渐渐地变成观景屋。

我站在小屋的前窗口观雨。斜斜的雨丝网着大地，雨滴在干燥的地上爆出轰隆隆的脆响。本来趴在地面的一些枯草在雨中慢慢竖直身体。一辆朝拉萨方向开去的长途客车停在了公路上，男男女女的乘客纷纷下车，站在雨中做操，转动腰身，挥舞胳膊。有几个乘客还仰头张大嘴，清爽地让雨水往肚里灌。可以想象得出，连日来他们在高原行车，身心干渴，这场雨会带来多少滋润！

雨下了不足半小时就停了。太阳钻出云缝又露出了美丽的脸蛋，雨后的可可西里格外灿烂。

陈二位带我到兵屋的后窗口，那儿的景观更好看。

离后窗百米远的地方，雪下的正酣。落雪处与兵屋之间是一片阳光地带，没有任何飘雪下雨的迹象。我的目光穿过这片空地，望见大片大片的雪花慢慢悠悠地飘洒，很快地上就出现了斑斑驳驳的雪迹，金钱豹的身子一般。有一位藏族阿爸赶着牦牛在雪中跋涉，起初那牦牛背上驮着一片黑，渐渐地驮起了一片白。阿爸只顾低头赶路，无暇欣赏牦牛背上这个由黑变白的美妙过程。雪越下越大……

我在前窗观罢雨，又到后窗来望雪。这些都发生在同一个地方在同一个时间。在可可西里生活的人真有福气！

很快大雪就停了。它来时很突然，走的时候什么也没说又悄不声地走了。可可西里又恢复了固有的空旷、宁静。雨雪洗了天空，洗了大地，也洗了我的心。

窗前，一簇簇红柳在雨后的湿地上蓬勃起了枝叶，那细碎的淡红色花朵也更招鲜了。我突然生发出想象：红柳的叶子是可可西里的嘴唇，小花朵是它的语言。

可可西里的红柳呀，无论开放还是凋谢，它的光芒都不会熄灭。

拉萨少女

此刻，我和一位藏族朋友坐在拉萨八廓街繁华地段这个叫玛吉阿米的小餐馆里，一边品尝着味道纯正的藏式小吃酥油茶，一边隔窗眺望石砌斜街上潮涌浪卷的人流。一个意外发现使我惊诧不已：那些穿着五颜六色藏袍、头戴藏式礼帽的男男女女，竟然大多数是进藏旅游的汉人。他们背着日光城明丽的阳光快活流畅地走在世界屋脊上的这个高城里。尤其是那些年轻端庄的汉家女性，一件藏袍在身，手撑遮阳伞，绝对别致雅丽。那随着走路节奏不时亮起的高跟鞋底，更增添了她们独特的风韵。

藏族朋友说，到了拉萨，你千万别以衣帽取人，那样你免不了会认错人。不过，汉族老大哥穿戴我们藏胞的服装，这是近年来拉萨街头的一道新风景。汉族人看我们西藏人，我们西藏人也在看汉族人呢！我告诉他，我的一位邻居在布达拉宫前穿上藏袍拍了一张留念的照片，好漂亮！她回到北京后惹得亲朋好友羡慕不已，纷纷向她索要这张照片。这位邻居很感慨地说，我真后悔当初上帝为什么没有把我造就成藏家女子！

我和朋友正兴致浓浓地笑谈着，一声清脆爽朗的呼叫递了过来："二位先生，刚出锅的手抓羊肉上席了！"随即一位长得很靓的身着藏族服装的少女来到我们面前，一盆冒着腾腾热气的羊肉像从天上掉下来似的放在了餐桌上。那少女满脸挂着甜笑，她不仅眉儿眼儿笑，还似乎用额头微笑，用肩胛微笑，甚至双手都在笑，她说藏语的韵律纯正而清脆，充满春的气息。姑娘又说：

"西藏高原到处都是宝，要说最好的还数藏红花和冬虫夏草，羊肉更是宝中宝。你们来到拉萨一顿饭不吃三斤手抓羊肉是要后悔一辈子的。"

香味飞溢的羊肉已经把我的鼻腔扑得痒痒的酥甜了。朋友的胃口显然也被姑娘的妙语馋得六神无主，他对我说，咱们赶紧开吃吧！

我俩吃得满嘴流香。这时藏家少女又给我们送来了啤酒，我便追根刨底地向她提出一个问题：你能不能告诉我，西藏的羊肉为什么这么香？

她半开玩笑半认真地回答我："我们的羊吃的是冬虫夏草，喝的是矿泉水，拉的是六味地黄丸，尿的是太太口服液。你说它的肉能不香吗？"

她的话语里充满着作为一个西藏人的自豪感。我说，你讲得好，讲得妙，真棒！

少女的话好像还没说完，接着她告诉我，你再看看你手中的拉萨牌啤酒，西藏人还给它取了另一个好听的名字，叫神仙不落地。

"神仙不落地？哪路神仙？为什么不落地？"

她给我做了解释。拉萨啤酒是西藏的第一代啤酒，也是到目前为止西藏唯一的啤酒。它的原料是西藏的青稞和没有任何污染的雪山泉水。味道纯正，爽口，绵长。在拉萨、日喀则等城市，卖家一般不把啤酒装进瓶子，而是盛在一个大桶里，喝时启动开关直接流入杯中。这就叫不落地。至于神仙嘛，那是一种喝酒的感觉，你们喝一喝就体会到了。酒液酒味渗入你的体内各个细胞，酥酥柔柔，半醒半醉，你似乎变成春风在林中穿行，变成阳光在雪山闪耀，变成小鸟在云里飞翔。这还不是神仙的感觉吗？

酒足饭饱，告辞。少女送客到门口。我回头看时，惊异，咦！她怎么变成了汉族姑娘，潇洒的披肩发，方格碎花底衬衫。只是那笑容依然纯甜。

藏族朋友大笑：衣帽取人，你认错人了吧！她是从西安来拉萨打工的大学生。

我融入八廓街花花绿绿的人流里。回想着那肉那酒，还有那位少女，满足和向往都很幸福。

强巴卓玛与强巴卓玛

那该是四十多年前了，我写过一篇散文《窗含西岭千秋雪》，说的是我坐在昆仑山下军营宿舍的窗口前，深情万种地遥望雪山。望着，想着，思绪奔放。世界屋脊昆仑山，那是离太阳很近的地方，人们却常常经受最冷酷的考验。那篇散文讲了一个汽车兵在风雪弥漫的昆仑路上顽强搏斗，最终困死在雪山上的惨烈故事。昆仑山的雪地里暗藏着我的一份激情。

昆仑没老，雪峰上的路永远活跃。我只要有机会重返青藏高原，都要推窗望昆仑。峰峦若隐若现，冰川似有似无，山路疑真疑幻。昆仑无语，我却听到了它真诚的呼唤。翻山的汽车飞快地消失在视野，须眉皆白的大山一言不发地凝望着陌生的你。你最直接的感觉是感到你的心被那不由自主腾飞的身子带到了一个茫茫无际的冰雪天地，美妙无比的世界。那个地方也许没有给你准备酥油和糌粑，却有品尝不尽的良辰美景。这时，你只要裁下身边任何一片雪地，都是最洁白最合适不过的地毯。

静坐窗前。

我望昆仑望得久了，太阳溅起一道扇形光环，汇成淹没天地的思念。我想起了她，强巴卓玛。

那不是吗？看见那顶帐篷了吧！在山腰一个凹进去的小平坝上，山体好像被劈去一块，露着白白的亮处，中央的黑点就是帐篷，确切地说是帐篷的遗址。帐篷里曾经住着母女两代人，强巴卓玛和强巴卓玛。

这是一段昆仑山的往事。每次站在窗前望山，我都会望见这个往事。这样的往事今天或今后还会不会重现，我实在难以预料，这似乎也不重要。但是我永生难忘昨天的故事。

其实强巴卓玛这个实名原本是属于阿妈的，她一直独身守着家，有没有丈夫和儿女，无人知晓。老人过世后，突然有一天一个陌生的藏女像从天外而降似的住进了阿妈的帐篷。人们不知道她的名字，索性也叫她强巴卓玛。

强巴卓玛老人和强巴卓玛姑娘根本就不是母女关系，只是因了那一壶水的缘分她们才走在了一起。暮色和朝霞不仅仅标志开始与结束。

那个年代，建国不久，青藏地区的运输太繁紧，前方战事吃紧，军车日夜奔忙。昆仑山的积雪都被飞轮碾软了，公路被汽车挤压得发烫。正是在那个时候，兵们驾车在翻越昆仑山的路上，看到了一个热水瓶。那水瓶放在公路边一个粗糙的小凳上，紧挨着水瓶还有一个洋瓷茶缸。爱军、爱民，全在无言中！

非到渴得无法忍耐时，兵们是不肯喝阿妈的水的。谁都清楚这一壶水来之不易，每天阿妈早早起身去不冻泉打水，烧开，出牧时顺手掂到公路边。傍晚收牧归来她再把热水瓶提走。天天如此，从不缺席。阿妈已经是

60岁开外的人了，没有人知道她的家史。

冰雪世界一壶开水，几多深情几多爱？

静静的山泉曾融入太阳和月亮的光辉，小小的暖瓶收进了江河湖海的碧波。我们驾车过昆仑山的士兵们，每次看到那壶水立马就觉得脚下生风，手中的方向盘也变轻了。我和战友们虽然没有见过阿妈的面，可这深情万种的水一直在我们心里滋润着。

我站在窗前，望着昆仑山中那个地方，心儿走向无垠的苍茫。怎么能忘记呢？那是在一个雪夜，强巴卓玛老人救了我们一个战友。从此那个帐篷就在我们眼里变得神秘莫测了。

那次多亏阿妈用了至今我们也没弄明白的神药神法，才使新兵小程从死亡线上的挣扎中回到了我们身边。小程一进昆仑山，高山反应就死皮赖脸地缠上了他，头痛欲裂，脸色惨白，越来越严重。实在不忍心看着小程痛苦地惨叫，我们便停车给他喝了阿妈的一杯开水。他的痛苦似有缓解，谁知很快他又寻死觅活地惨叫起来。阿妈就是这时候出现的，她焦急万分地竟然忘了自己的汉话讲得很不流畅，用半懂不通的汉话指挥我们把小程抬到了她的帐篷里。帐篷里光线十分暗淡，睁着眼睛也难分辨里面的陈设。记忆犹新的是阿妈用她那双蒲扇似的手掌在小程的额上和足底按摩了一阵子后，又拿出一个锃光晶亮的葫芦状小巧铜器，倒出一粒药丸让小程吞下，没出半小时小程就病去人安。

小程的病情刚有缓解时，阿妈就让我们匆忙离开了她的帐篷。当时藏区并不安宁，常有叛匪骚扰，阿妈这样打发我们离去谁都可以理解。

我每次站在昆仑山下的窗前凝望，一半的激动与牵挂给阿妈，另一半则给了那位藏家姑娘。走在雪山之上的姑娘呀，她是否走在了阿妈的怀里？

那壶水大约在昆仑山的路边出现了五年，到了"文革"前夕，经过昆仑山的军车和行人就再也看不到阿妈的身影了。但是好长一段时间那个空水瓶还冷冷清清地放在木凳上。

后来道班工人告诉我们，半年前强巴卓玛老人就去世了。他们说老人是悄悄走的，走得突然但很安详。一个月后人们才在帐篷里发现了她的尸体。夏日气候毒热，老人的尸体却没有腐烂，完好如初，一脸的慈祥伴着安静。大家按着老人头部倒下的方向，在离帐篷百米远的山坡上把她掩埋了。也许这是人们第一次违背藏区的葬俗，没有火葬这位实在应该把尸体留在人间的老人。世世代代的人们只要一看见那个墓堆，就会想起一个平凡而令人敬重的藏族老阿妈。

转眼，强巴卓玛阿妈离开人世就过去了一年。在一个温柔的阳光洒满昆仑山的中午，一位藏族姑娘住进了阿妈的帐篷。给人的感觉她把羊群安置在草滩，进了帐篷仿佛连脸也没顾得洗，就操持起了阿妈中断了的那份平凡而神圣的工作：给公路边送水。

生活像阿妈在世一样光彩。上下昆仑山的人，每天依旧可以在那块山间平坝的公路边看到一个热水瓶。朝来暮走，天天不断，月月不缺。从春雨到夏阳，从秋风到冬雪，没有人知道姑娘的名字，更没有人了解她的出身。"强巴卓玛"却被过山人越叫越响，越传越远。内中，含着对逝去老人的无限思念！

又过了三年。一场暴风雪肆狂地袭击了昆仑山。那顶帐篷在风雪中倒塌，强巴卓玛也下落不明。直到这时，人们才知道强巴卓玛是一位走出寺庵还俗的尼姑……

这个夏天，我又到了昆仑山。遥望惟余莽莽的高原，我问苍天：阿妈，您在天国可好？还有，那个叫强巴卓玛的姑娘，她是否云游到了您的怀抱？

我深信，我这最真诚的呼唤会换来昆仑山深处最悦耳的回音！

藏女哭坟

当青藏高原进入一天24小时中最宁静的午夜时，藏北是这宁静的中心。这时，所有的灯都熄灭，所有的路都入睡，所有的河都沉默。大地一片寂静。静得仿佛能听见月亮打盹的鼾声，静得连躺在它怀抱的念青唐古拉山都显得比白天缩小了许多。夜空浮游着几朵不肯回家的云，它时而遮掩了月亮，时而又把月亮裸露出来，给藏北的夜平添几分神秘。

这晚，我投宿藏北草原上八塔附近的谷露村。我选择在这里驻留当然出于对藏族人民心目中至高至圣的英雄格萨尔王的敬慕。相传当年格萨尔王曾率兵在这里驰骋征战，他旗下的一名大将夏巴战死于此。为表彰夏巴，格萨尔王修八塔安葬夏巴。我是来向英雄祭奠的，没想到在古代英雄的坟旁，竟长眠着一位当代英雄。

后半夜，一阵笛声带着浓浓的月色从藏式小楼的窗口飘进来，把我摇醒。那笛声很舒缓，音调是悲切的。有时断了，有时又续上。断时余音缭绕，续时仍有断掉的留痕；有时近了，有时又远。近时犹如在脚下，远时仿佛来自月宫。我的心被笛声牵动，便起床，站在窗口前，倾听这不知从何处传来的笛声。一时间笛声竟然填满了小窗，窗口似乎盛不下这笛声，飘出了窗外。突然我有一种感觉，这悲凉忧伤的笛声开出了苦花，又结出了苦果。笛声中风来了，雨来了，搅得我的心也跟着酸楚起来。

我猜测着这个吹笛人，是老者还是少年？是男性还是女性？为何半夜三更吹奏令人肝肠苦断的伤感乐曲？我仿佛已经清清楚楚地看见那吹笛人，用一双灵动而又沉重的手指从笛孔弹压出这足以能表达其心愿的音符。

次日，当地牧民多吉老人给我讲了一个关于藏女哭坟的让人伤心流泪的故事，它启开了我心中的疑团。

十多年前，一场罕见的暴风雪防不胜防地袭击了藏北草原。它给这块瘠薄土地带来满目疮痍的灾祸，至今提起来让人胆战心惊。数不清的帐篷被暴风雪揭走了，成群成批的牛羊被零下四十度的奇寒冻死在牧场上。还有多少老人、儿童在这突如其来的风雪中奔走哭号。最后他们筋疲力尽倒在地上，有的再也没有起来。

扎西色珍实在弄不清楚她是在哪一刻失去了阿妈阿爸，她只隐隐记得在她家的帐篷被风雪连根拔起的那一瞬间，她就像长了翅膀一样开始在草原上漂流。也许漂流了一个白天，也许漂流了大半个夜晚，她什么也不知道。此刻，疲累、饥饿、奇寒把她撂倒在一个陌生的地方，奄奄一息……

发现扎西色珍的人是解放军某文艺演出队的一位演员，他在边防线上演出返回途中路经藏北，便参加到救灾的行列中。扎西色珍是他抢救的第三个冻倒在雪野的藏胞。这时他的体力消耗得连举步的力气几乎都没有了，他无法背动已经昏过去了的扎西色珍，只得将她抱在怀里一步一挪地往救灾点上走去。

后来，扎西色珍知道了一切。最使她难忘的是别人告诉她这位解放军叔叔救她时的那个细节：他虽然已经失去知觉，双手仍然握着笛子。在他抱着扎西色珍昏倒在地无力走动时，正是用平生之力吹出的微弱的时断时续的笛声，唤来了战友，救出了她。他当时吹奏的曲调是《我是一个兵》。

扎西色珍的身体刚一恢复，就带着那支笛子，来到一个用终年不化的冰块雪团砌成的坟茔前。这里安葬着那位舍命救藏女的军人。他长眠在这个藏胞为他设造的特殊墓穴里，遗体就能在较长时间得到完好保存。扎西色珍在坟前肃立好久，眼里噙满泪花，却没有流出来。救她的恩人是个坚强的军人，她不愿在他面前表露出丝毫的软弱。

失去亲人的扎西色珍虽然只有16岁，却顽强地生活着。在风雪里滚出来的藏家女有雪山一样的性格。她赶着政府分给她的羊群在广袤的藏北草原上游牧。今日住在小河旁，明日暂栖雪山下，食无定时，睡无定点。日子过得充实、自由。只是一看到挂在帐篷里的那支笛子，她就怀念救命恩人。她很快学会了吹奏笛子，是专程拜师一位藏族老艺人才学会的。她会吹十多支歌调，首先学会的当然是《我是一个兵》。不管吹奏什么歌曲，从笛孔里流出来的都是异常凄凉的情感。她是向那位离开人世的军人倾诉心声！

有人告诉扎西色珍，每天夜里五更天夏巴英雄的英魂在八塔下显灵，那里便聚集起一大队格萨尔王的英雄士兵。这本是藏区的传说，扎西色珍却相信了。她想，那位用生命救了藏胞的恩人也是英雄，这个英雄相聚的时刻他也会在其中。于是她便在五更天起床吹笛，让英雄们在天之灵知道她的思念、祝愿。

…………

这个平平常常的藏北之夜，我的所有心思都被从远处传来的笛声牵去。我抬头望月，觉得那笛声缭绕着月亮；我低头看河，感到那笛声溢满小河。吹笛人，你很美。也许今夜你不快乐，但不必忧伤。因为你的笛声是一盏灯，会把藏北的暗夜全部照亮。

地球上的第一缕霞光

每日，喷射在海拔5300米唐古拉山巅的晨曦，是不是地球上的第一缕霞光，我没有考证过，但是，唐古拉山是世界屋脊的屋脊，理所当然是地球上最高昂的地带之一。所以，当终年生活在这里兵站的官兵们，快活而自豪地说他们每天"是地球上第一个看到日出的人"时，我一点也不觉得过分。

这天，我冒着极大的风险，投宿在"生命禁区"的这个兵站，就是为了和兵们一起迎接地球之巅的第一缕霞光。

天色还麻乎乎的，难辨地物山影。我和几个战友就来到山坡静候太阳出山。此刻，整个唐古拉山像海底一样迷蒙，沉寂。偶尔卷起的寒风带着雪粒互相碰响的微声，单调地空响着。我想，这声音大概就是雪山熟睡中的鼾声，也是青藏高原呼唤太阳的号角吧！

任何渴盼中的等候都很熬人，我们不得不耐心地等待与晨光握手。我抬腕看了看表，6点还不到，这儿和北京的时差约有一小时，7点太阳能出山就不错了。我拐到兵站后面的盘山小路上去散步。

这条小路，我很熟悉，但是后来变得陌生了。此时走在这条路上我的感情是十分复杂的。谁能说得清这个问题：现代人的日子本来过得越来越舒心了，为什么扰心的事还那么多？

这儿本无路。最初踩出路的雏形的并不是人，而是野生动物，是那些稀罕珍贵的藏羚羊、野牦牛、野驴、雪豹、黄羊、狼什么的。雪山下有一泓温泉，它们常来饮水、泡澡。天长日久，就留下了这条小路。那阵子这里是名副其实的无人区，是动物狂欢作乐的世界。随着青藏公路沿线日益变得热闹起来，静静的唐古拉山也从寂寞中走了出来。先是设立了兵站，接着养路道班的砖瓦房也建起来了。渐渐地汽车轮胎修补点、川妹子饭馆及夫妻加油站……都一一出现。在我们的生活中，这样一个现象是绝对普通存在着：荒凉的地方一旦有了越来越多的人，荒野变得繁荣这是毫无疑问的，但是人对原始生态无法弥补的破坏也随之而来。唐古拉山中的这条本该属于野生动物的小路，整日响着不绝于耳的猎枪声使动物们失去了到温泉戏闹的胆量。小路很快就铺满了乱石、棘丛。

这期间，我曾多次踏上寂寞的小路，我的心也荒芜了。

我做梦也不曾想到，这次在唐古拉山观看日山，也看到久违了的野生动物，重新认识了这条小路。我记得清清楚楚，太阳跃上地球之巅的那一瞬间，是在我没有任何思想准备的情况下出现的。那个瞬间短促而壮丽，犹如有人划了根火柴，扑一下冒出一束光亮，旋即刮来一阵风，又灭了。

极像夏日掠过夜空的闪电，但是绝无那么强烈刺眼，而是柔绵的微光。稍纵即逝，却被我抓住了。正是在那一瞬间，我看见了唐古拉山高耸雪峰的轮廓，以及弯弯曲曲盘在雪峰上的路影。

这就是我看到地球之巅第一缕霞光的情景。它属于山中最早醒来的人！

第一缕霞光闪过之后，起码有两三分钟，大地又沉入浓浓的黑暗之中，死一般的寂静。这大概就是人们常说的黎明前的黑暗吧！我一点也不感到压抑，因为我知道曙光很快就会降临。

后来，我所看到的日出就是许多文章中描写过的情景了。雪山在日出的那个时刻完全失去了它平日的素净和洁白，整个高原天衣无缝地改变了颜色。先是喷火般的多彩艳丽，继而便是长时间的单一色调：橘红。直到红日离开山巅高高地悬挂起来，雪山才恢复了晶莹洁净的原色。正是在这时候，我发现那条路上不知什么时候站着一长溜野生动物，就是我在上面列举的那些动物。它们一个个高昂着头，贪婪地看着那轮好像一盏红灯笼似的红日。显然它们被这绚丽的新鲜太阳深深陶醉了，竟然没有觉察今天有我们这一伙观日者与它们一同接受雪山日出的沐浴。这使我推想到了一个问题：人们惊扰了这些野生动物在深山里宁静、自由的生活以后，它们并不甘心退出这块地盘，于是另找乐园。就这样它们发现了在唐古拉山看日出的这道风景。

我和战友们披着五彩晨曦站在雪山上，这会儿已经不是看日出了，而是参观正在看日出的那些动物。它们很快就发现了我们，只听"唰啦"一声，所有的动物撂开四蹄，拼命似的逃走了。

从此，我知道了野生动物也像人一样，喜爱温馨，追逐太阳，它们每天走出深山看日出。同时，我也明白了太阳是最公正无私的，她每天都把第一缕霞光馈赠给包括野生动物在内的所有生灵。人类并不独占她，也无法独占她。

枸杞留给鸟儿吃

——柴达木盆地散记

踏进柴达木盆地好些天来，我们一直尘土扑面地跋涉在浩瀚的戈壁滩上，难得见到人烟，也少有绿色碰面。唯一可以使人感到滋润的是，偶尔会看到在公路的肩坎上，蓬勃着一丛丛枸杞，那红透晶亮的小红果实在让人爱之不够，流连忘返，你却不忍心伸手去抚摸它。这些美丽的红果总是出其不意地突然出现在戈壁滩上，使你马上想到是谁种植了它，美化着遥远的柴达木？

野枸杞。人们无法知道它是何年何月在这贫瘠的地方落地生根，安家长住。不求富贵，不嫌寂寞，自生自灭，繁衍后代。一场怒吼的漠风也许会把它拦腰折断，来年它又挺起了身躯；沉沉的冬雪常常会把它掩埋，春风吹来它又鼓绽起茸茸嫩芽。

这就是柴达木野枸杞的性格，它们以极强的生命力守望着寂寞的荒原。只有在清晨或者黄昏飘来几声悠长而单调的驼铃声时，它们那圆润润的脸上才浮现出淡淡的笑容。

我终生难忘第一次在柴达木盆地看到野枸杞的情景。那是40年前的一个盛夏，青藏公路通车不久。我们的小车队快行驶到柴达木首府大柴旦时，意外地看到了路边的戈壁滩有一簇缀满红果实的枸杞。它是我们离开敦煌以来一路上遇到的唯一的一点绿色，还挂着这么多足以让人馋得流口水的红果实。停车。大家围坐在野枸杞前，静静地看它，不厌其烦地反复点着可以数得清数儿的小果实。看果，馋了眼，也馋了心，一举两得。别有情味！

人的欲望有时竟是那么容易满足。几分钟前我们还口干舌燥极度疲劳，几乎无力转动手中的方向盘。这阵子在野枸杞前一坐，一下子就觉得自己置身于一个花团簇拥的无限美好的环境里。是的，我们太需要水了！头顶毒阳，脚蒸暑土，在干枯的戈壁滩跑了一天车，水壶早就腾空了，嗓子眼在冒烟。但是，此刻没有一个人去采摘那些离自己很近很近、已经熟透了的眼看就要坠落的枸杞果。谁都明白，枸杞果挂在枝头即使坠落了，它也可以供大家观赏，是高原人共同的风景；一旦有人把它摘去，就成为囊中私物了。这是罪过。把红果留着，留给荒原、留给每一个跋涉者，留在梦幻里。

我就是在这时候看到那位拉骆驼的老伯照日格巴图的，蒙古族，脸上一圈胡子。他吆喝一声，让骆驼站住，细细打量了一下我们这些尘土蒙面的兵之后，便直截了当地说："孩子们，一定渴坏了吧！没关系，有你们喝的水！"说着他就随手拿出一个小巧的饭勺般的铲子，在枸杞旁的沙地里刨挖起来。很快，一个脸盆似的坑就在铲子下出现了。

"耐心等着吧，一会儿神仙就会给你们端来一盆水！"他说得好风趣，我们却蒙在了鼓里。

果真，坑里在渗水，只是渗得很慢，土在渐渐变湿发潮。没出半小时就有差不多半碗水聚在坑底。水很清。老人说，再等等，会有更多的水让你们滋润喉咙的……

这里地下有泉，很小很小的一个细泉。但它长年不断地渗水，使这片戈壁滩不再干枯。那簇野枸杞便扎根了。

"水是戈壁滩的命。有了水，就能生草，能开花，也能长树，枸杞也安家了。不知死去了多少枸杞，就留下了这一棵苗。不容易呀，你们千万别摘它，伤不得的！"老人俨然以枸杞的卫士之口气这样说着。

这时，不远处的土堆上有一只灰褐色的什么鸟儿，正尾巴一撅一撅地啼叫着。我马上想到一个问题，问老人："鸟儿会吃掉这些小红果吗？"他说："会的。戈壁滩上鸟儿的生命都是很脆弱的，就让它们吃吧！它们是天然的播种机，给戈壁滩种下了春天。你们以为呢？这些鸟儿啄掉落地的种子，或者没有嚼烂咽下肚里的种子随粪便排出来，遇到水都能发芽。

这里的枸杞兴许就是这么长起来的。谁种谁收，鸟儿们就该吃它们种的果实。它们还会播种的！"

我对鸟儿说话：来吧，来吧。这里有果实吃，还有水喝，快来吧！

这天，我们小车队的每个人都喝了半杯水。解渴，解饥，解乏。没有人动一颗枸杞果。是留给鸟儿的，鸟儿是戈壁滩的播种机……

第三辑
鱼从月牙湖飞到太阳湖

ZANGLINGYANG

GUIBAI

墓柳

　　青藏高原上的许多地域被人称为无人区。其实这已经是一页揭过去的旧皇历了，早些年的无人区如今已经有了人。不说在那里落脚常驻的牧人和军人，仅每年进出西藏的旅游观光者就千千万万。科考队在上世纪90年代初进入海拔5200米的长江源头格拉丹冬时，只能看到个别的牧户。到了2006年11月，科考队再次来到这里时，仅格拉丹冬东边的一条山谷里，就住着十多户牧民。但有一点是不争的事实：到目前为止，不少的无人区仍然没有树，一棵树也不生长。

　　青藏公路通车50多年了，世世代代的高原人怀里抱着春天和梦想，以柔情万种的爱心绿化戈壁，滋润雪原。即使在那些四季冰冷的石滩里，也会有绿色的生命尽情地穿行春天的阳光里，丰满动人。高原人的思想长成了树，他们的双手开出了花。荒滩绿了，他们的脸颜却老了。

　　在昆仑山下的格尔木，一个美丽的故事流传了几十年……

　　那一年，"青藏公路之父"慕生忠将军从日月山下湟源县买了100棵杨柳树，栽在了当时还没有一棵树的格尔木。两大片，杨柳分栽。第二年，这些小苗大都落地生根，一场春风吹过，枝头的嫩芽就探头探脑地拱了出来。戈壁滩变得翠翠的绿，好像画家涂抹出一幅生动的水彩画。风吹的原野，回声寂静。树苗一天一个样地狂长着，给它喝一盆水它蹿一节个头，给它喂一把肥它也添一片幼叶。荒芜了千百年的土地一旦逮住苗儿就受活得巴不得让它一夜长成材！

望着这些可心的树苗，将军乐得咧着嘴爽笑，他当下就给两片树林分别命名为"望柳庄"和"成荫树"。

有人间：首长，这名字有啥讲究？

他开怀一笑：望柳成荫嘛！

嗬，好有雄心壮志，他要把整个戈壁滩都染绿！

将军的笑声糅进了杨柳的躯体里，树又蹿高了一节。

小苗，北风迎面吹来，是一种痛苦；迎着北风走去，是一种幸福。

毕竟它们是正在成长中的柔弱苗，很难与高原恶劣的自然环境对峙。有时残雪睡在枝上，有时暴风睡在枝上。常年不息的飞沙把它们浸染得与沙地成为一色，人站在远处就难以瞅见它们真面目。这样的事也难免不发生：它们索性就被那气势汹汹的飞沙盖住，淹没了。

好在，它们有一股不服输的倔劲，顶破沙土，又伸起了腰杆。

瀚海孤树，林中一木。

有几棵柳树只绿了短暂的生命，像走累了的人，卧在了戈壁滩。

它们死了，卷起的风叶还噙着太阳唇边的乌云。

这似乎是预料中的事。但是人们还是难以接受。它们走时没有来得及留下遗言。

有个不谙世事的小伙子从死去的枝上拧下柳叶子做成柳笛，吹出了流行在军营里那首歌《真是乐死人》。慕生忠发现了，狠批那小子一顿：你乐什么呀乐。都死人了，你还高兴！人要过分辉煌就会烧毁自己。不管你怎么乐，我是要哭的。

他说的死人，是指那些死去的树。在戈壁滩，人和树的生命同样宝贵。

之后，将军把三棵死去的柳树掂在手中，深情无限地看了好久，说："它总是为咱们格尔木人绿了一回，让我们这些饥渴的眼睛和心得到了安慰。它是有功之臣，现在它死了，我们怎能不难受？不要把它随便扔在什么地方，应该埋在沙滩上，还要举行个葬礼。"

于是，沙滩上就出现了一个土丘，埋葬着三棵柳树。人们称之为柳树墓。

　　给柳树举行葬礼完全是大家的自愿行为。有十多个人围着土丘默默站立，一个个低着脑袋，空气像凝固了一样严肃。将军没有来，据说他站在窗口悄然地望着外面……

　　戈壁滩上第一个醒来的人是寂寞的人；第一棵死去的树呢，高原人却没有遗忘它。

　　人们仿佛不觉得这三棵柳树已经离开高原到了另一个世界。它还活着，蓬勃生机地给格尔木新城增添着春色。有人不断地给那土丘上浇水。这些树也像人一样，躺在戈壁滩上会口干舌燥。浇点水，让它们滋润滋润。也有人把上好的肥料递给它们。水，温暖它受伤的心。肥，烤热它冻僵的脉搏。

　　谁是浇水施肥人？慕生忠。

　　谁也没有想到的事发生了。有心人唤醒了死去的柳树。这年夏天，土丘上冒出了一瓣嫩芽。那芽儿一天一个样，由小变大，由少变多，由低变高。

　　啊，柳树！

　　这是从埋葬着三棵树的坟墓上长出的柳，是一棵死而复生的柳，是将军用怜悯的心唤来的柳！

　　后来，大家就把这棵柳树称为墓柳。

　　经过了一次死亡的墓柳，活得更坚强也更潇洒了。铁青的叶子泛着刚气，粗糙的枝干储存着力量。大风刮来它不断腰，飞沙扑面它不后退，寒风烈烈它依然站立。死里逃生的战士最珍惜生命，也最显本色。它在用双倍的翠绿，减去荒原的痛苦。

　　墓柳也像个战士。

　　墓柳接受过无数路人投来的目光，这些目光多是赞许，也有不以为然的嘲讽。嘲讽什么？嘲它孤独？讽它清高？它对不以为然者亦不以为然。它继续着它的生命轨迹活着，藐视一切懦弱者地活着。

　　时间年年月月地消失着。格尔木的树种得越来越多，成行，成片，成林。它们和墓柳连在了一起，浑然一体。现在人们早已经分不清哪棵是墓柳了。但是，许多人都记得这里曾经有一个土丘，土丘上长着一棵柳树，柳树是一位将军用坚忍的爱心换来的……

可可西里有这样一只狐狸

几栋素雅、白亮的房子，静静地安坐在可可西里荒原上，使这亘古山野显得格外耀眼、高尚。这就是索南达杰自然保护站。

这位为保护藏羚羊与盗猎分子真枪实弹搏斗时英勇献身的县委书记，成了世界屋脊上一座丰碑，让人敬慕。用他的名字命名的白房子是雪域高原新诞生的人文景观。

英雄的鲜血唤醒了多少沉睡的人。这些年来数以千计的志愿者从全国各地来到遥远的可可西里，捐款赠物，用真心和爱意建起了保护站。他们轮流驻守白房子，义务巡山，含辛茹苦地甘当藏羚羊的保护神。

越来越多的被国人关注的视线牵到了这几栋白房子。凡是穿越可可西里的游人，大都会停车走进保护站，瞻仰索南达杰的遗像遗物，聆听它的故事，体验志愿者的艰辛。

就在这时候，有一只狐狸成了保护站的常客。大家都没大留意不知从哪一天开始，它打深山里走出来，站在离白房子百米远的坡梁上，笑容可掬地望着出出进进的志愿者。

真的，这是一只会笑的狐狸，而且笑得很生动。唯其生动，才迷惑人。

那个霞光四射的早晨，保护站小杨最先发现了那只狐狸，他惊喜万状地喊了一声："快来看，有客人到！"也许长期生活在内地的人，无法理解这些身居偏远地区的人那份孤独、寂寞的难耐心情，从日出到月升，他们难得见到个人影。大家听小杨喊客人到，自然喜形于色，都争先恐后地跑出来看稀客。

结果，他们失望了。哪里是什么客人，只有一只狐狸拖着尾巴在坡梁上散步。不过谁也没有抱怨小杨的大惊小怪，来只狐狸也好嘛，单调的生活中可以多一点情趣。

灿烂的霞光给狐狸的浑身镀上了一层熠熠彩光，使它美丽得楚楚动人。有人开始逗狐狸了，又是口哨又是手势。起初狐狸无动于衷，只是用敌意的目光瞅着人们的挑逗。

其实，狐狸你错了。你虽然是个狡猾的家伙，但是这里的人们却把你视为友好的邻居。大家并不计较你的恶习，只要能与他们这些孤独的人和平相处，就认你做朋友。

狐狸的聪明不仅仅在于它的狡猾，还有它的善变。次日，那只狐狸又来到了那个地方。当巡山归来的志愿者又向它逗乐时，它的目光消失了敌意，换上了和善的笑容。它笑时眼睛眯着，嘴张着，尾巴在轻轻地摆动。

"看，狐狸笑了！"几个年轻人高兴得简直要手舞足蹈了。

狐狸给人发笑，这绝对是个新鲜事。真的好新鲜！死气沉沉的可可西里缺少的就是新鲜。没有新鲜的食品，没有新鲜的草芽，没有新鲜的泉水，没有新鲜的笑容。现在志愿者找到了乐，狐狸给人发笑。这一天他们乐得好开心，几乎每个人都逗了那只狐狸，谁逗它它就对谁笑。

天黑了，夜幕渐浓。坡梁上的狐狸回家了，奔波了一天的志愿者这才回到了白房子。这晚他们舒舒坦坦地睡觉，甜甜美美地做梦。

第二天巡山回来，志愿者又看到了那只狐狸，还在老地方。这回还没等人们逗它，它就主动地送来了笑。不但笑，还带着作揖的动作。太好玩了，狐狸的笑，换来了大家的笑。

此后，每当志愿者巡山回来，那只狐狸准会在老地方迎候他们。有些好心的队员还给它扔去一块剩肉，它也不客气，逮住就吃，边吃边笑。

时间长了，一切都习以为常，但新鲜感依然还在。狐狸风雨不避天天来，大家天天看着它笑。人们乐得尽兴，狐狸也笑得舒展。人和狐狸互依互存，似乎双方难以分离。

这天上午，一辆汽车给保护站运来了足够吃半个月的食品：大米、白面、肉类、蔬菜……

让人痛心的事就发生在这一天。志愿者巡山回来时，发现屋里遭到抢劫，所有的肉，猪肉、羊肉、牛肉，全都不翼而飞，只留下满地骨头，狼藉一片。

门仍然上着锁。窗户大开……

盗贼入室！

大家如梦初醒，都不约而同地想到了狐狸，那只会笑的狐狸。没错，是它！肯定是它！

不过，不是一只，而是来了一群狐狸。

会笑的狐狸，狡猾的狐狸，奸诈的狐狸！

不去说狐狸了，那是它的本性，永远也改不了的本性。小杨的话发人深思，因为他从狐狸说到了人。"我们被它的笑捉弄了！从它第一次向我们笑时就揣上了鬼胎。它之所以狡猾，它之所以聪明，是因为我们糊涂。"

谁也无心收拾又脏又乱的屋里，有人拿起猎枪想去迎候狐狸，只是它恐怕不会再来了。没关系，那就追到深山去！

有一只蚂蚁攀上世界屋脊

如果是一只鹰，它就是在珠穆朗玛峰之巅盘旋，我也不足为奇。因为鹰是英雄的象征，天生就该搏击长空；现在的问题是它是一只蚂蚁，一只用小拇指就足以结束其生命的蚂蚁。它竟然莫名其妙地攀上了世界屋脊。

这里是海拔5300米的唐古拉山兵站驻地，当然与海拔8800米的珠峰相比，它还是低了许多。可是当这只蚂蚁堂而皇之地出现后人们还是大惊失色。生物禁区，寸草不生，连最具抗寒耐缺氧的西藏牦牛都不能久留的地方，怎么突然闯来了一只蚂蚁！

这是2002年7月一个旭日喷散着霞云的早晨，我从观日峰归来的路上发现了这只蚂蚁。说来纯属缘分，就在我捡拾掉在地上的手套时，看见了它。当时它在一片夏日未曾融消的残雪上缓缓地移动着，似乎是那种挣扎着的蠕动，走走，停停，但一直在前行。可以毫不夸张地说，这个小小生命的顽强出现，除了让我惊喜，更多的是敬佩。我止步，蹲下，深情无限地看着它！

也许是我惊动了它，它中止了爬动，静卧在地。我能看得出是那种长途跋涉之后舒展的、散放式的静卧。我看到它收紧着薄膜似的双翅，头部的两根触角在有一下无一下地微动着。我做着这样的猜想：此刻，它一定感觉到它躯体下的5300米不再是高度，而是可以让它舒展身子歇息的如同草滩一样的什么地方。要不它怎么会那样舒坦地伏卧着！我也突然有了这样的联想：生活中许多可望而不可即的事情，当你得到它时你会突然觉得，其实所有的付出都是可以换来意外收获的。即使在你很渺茫的时候，也不要为你选择的目标放弃付出，这样意外的收获将随时伴随你。所以人要珍惜付出，珍惜付出比庆贺收获更重要！一只生命弱小的蚂蚁攀上了世界屋脊，谁敢相信？但是谁也不能不相信。接下来人们才会发出这样的疑问：它是怎么攀上来的，攀了多久？追寻这样的答案当然重要，但似乎又不那么重要。反正蚂蚁是攀上了世界屋脊，铁定的事实！

我继续关注这只比鹰还让我敬佩的蚂蚁。它还在静卧不动。我以手当扇，轻轻地扇动一下便起了一阵微风。它动了下，又静卧了。我再扇，它再动……大概这样重复地动作了五六次，它就再也不动了。

我确定，它是死了！

我很伤感！从来未有过的伤感！这个喧嚣的世界，那么多寂寞的生命，它们让生活有了希望，有了动力。可是它们却总是过早地经历了黑夜。我在想，即使短命的花也不必忧伤，它们毕竟让这个喧嚣世界有了让人值得珍惜的美好享受。

那个霞光四射的早晨，我怀着庄严的敬重心情，为这只蚂蚁举行了寂寞的葬礼。我选了世界屋脊上的一个高地，掘坑，掩埋了它。小小的一堆土丘。但是它比5300米高。哪怕高一点点，那也比5300米高……

它走得太匆忙，我为它举行的葬礼也太匆忙！

我转过身准备回兵站，这才发现身后不知什么时候站着两个兵，他们脱帽肃立，为远行的蚂蚁送行……

第二枚结婚戒指

这是张四望生命的最后时刻。他已经失去了意识，睁不开眼睛，不能说话了。只是静静地躺在医院的床上，妻子王文莉守在他身边，他总是习惯摸着妻子手上的那枚结婚戒指入睡，一副甜美的睡态。人已接近昏迷，爱却醒着。妻子一旦离开，哪怕几分钟，他就烦躁起来，嘴唇翕动着谁也听不清的喉音。任凭护士怎么安慰，他依旧烦躁。王文莉来了，她赶紧把手伸给四望，他抚摸到了那枚戒指，才安静下来。抚摸！那是他们旷日持久分离后的重逢，或轻或重，都像甜蜜的风从心扉吹拂。忽然，他的手停了下来，是在等待爱妻一个由衷的赞美，还是等待一个彼此的谅解……

王文莉说：他是放心不下我呀！他不愿意扔下我孤零零一个人到很远的地方去。王文莉说着说着泪水就涌满了眼眶……

张四望是青藏兵站部副政委，年轻有为的师职军官。从1980年入伍至今，27年了，他没抬脚地走在青藏山水间，西宁——格尔木——拉萨，日喀则——那曲——敦煌。冰雪路是冷的，他的心却燃烧着暖火，为保卫西南边防和建设西藏奔走不息。有人计算过，他穿越世界屋脊的次数在五六十次，也有人说比这还要多。张四望没留下准确数字，也许他压根就认为没有必要计算它。青藏线的军人沿着青藏公路走一趟，平平常常，有什么可张扬的？这话张四望说得轻松了，其实他比谁都清楚，在自然环境异常艰苦的青藏高原上，指战员们必须吃大苦耐大劳，才能站住脚扎下根。兵们体力和心力的付出是巨大的。领导关爱战士哪怕递上一句烫心的话，对大家也是舒心的安慰。还是他在汽车团当政委时，就讲过这样的话："不要让老实人吃亏，不要让受苦人受罪，不要让流汗人流血。"张四望对兵的感情有多深多重，这三句话能佐证。从团政委走上兵站部领导岗位后，他索性在就职演说中讲了这三句话。当时他刚40岁，是历届领导班子里最年轻的一个。

现在，可恶的癌细胞已经浸渗到他的整个脑部。他不久就要离开人世了。他说不出一句可以表达自己心迹的话，只能用这枚无言的戒指来传递对爱妻的感情。结婚快20年了，他只是没黑没明地忙碌在青藏线上，今日在藏北草原抢险救灾，明日又在喜马拉雅山下运送军粮，何曾闲过？开初，王文莉在老家孝敬公公婆婆，养育女儿。后来她随军了，却是随军难随夫，夫妻仍然聚少离多。花前月下的浪漫她确实没有享受过，但四望有过多次承诺，只是未曾兑现他就要远去了！记得结婚时，四望给妻子连个戒指都无暇买，还是结婚后他利用执勤的机会顺便在拉萨买了一枚补上。他对文莉说：拉萨买来的好，日光城的戒指，有纪念意义！

眼下，他确实有时间了，在京城这座军队医院住了快半年，逛北海，游览长城，有的是时间。可是他已经病得无力兑现对文莉的承诺了！人呀，为什么就活得这么残酷，夫妻间该享受的还没享受，丈夫的人生之路转眼就走到了头！王文莉记忆犹新的是，每次四望从青藏线上执勤回来，一进屋倒头在沙发上就睡觉，他确实太疲累了。她做好晚饭，喊了几声也不见动静，只听鼾声如雷。七点到了，只要她说一声："四望，新闻联播开始了！"他马上就起身看电视。

　　这时，摸着妻子戒指的张四望，也许在忏悔自己了吧。高原军人也有家，也有妻室儿女，再忙再紧张也该抽暇陪陪妻子，陪陪女儿呀！但是一切都晚了，他只能摸着妻子手上那枚结婚戒指传递内心的爱意！

　　在病房里值班的三个护士，亲眼看到了张四望和王文莉相濡以沫的感情，谁个心里能不涌满感动！她们悄悄地议论："若能相爱到他们夫妻之间的这份感情，天塌下来又能算什么！"她们商商量量做了一件事，买来一枚戒指，轮到谁值班谁就戴上，每次王文莉临时有事外出时，她们就把自己戴着戒指的手轻轻地放在张四望手中，张四望摸着那戒指安安静静的，一脸的幸福。护士们看着张四望那平静的脸，看着他那轻微移动在戒指上的手，忍着心头无法剔除的隐痛，泪珠吧塔吧塔掉在张四望的手上……

　　这该算作是张四望的第二枚结婚戒指吧！一枚来自拉萨，一枚来自北京。两地相距数千里，真情、友情却是靠得那么近，那么紧！

桌子柳

　　那是遥远记忆里的事情了。当时刚20岁出头的我就记住了一位伟人说过的话，我们要学习松树和柳树的风格，松树有原则性，柳树有灵活性。我作诗兴趣正浓，当下就顺着伟人的寓意写下了这样一首诗：我爱寒雪傲青松／更喜红柳戈壁生／人生学松又学柳／革命路上永年轻。

　　四十多年的沧桑岁月没有把这四句口号诗变老，至今它仍然清晰地留在我那本旧日记的扉页。每每打开，我就觉得松涛在涌动，柳絮在说话。依然是我当时相识的新芽。

柳树的灵活性最集中的表现则是人们常说的那句口头语："无心插柳柳成荫"。它是不大挑剔生长地域的，插在哪儿就在哪儿落地生根。插在坝上是护堤柳，插在河湾是墩子柳，插在路旁是遮阳柳，插在戈壁是扎根柳。

下面我提到的这棵奇特的"桌子柳"，它不仅仅是春天的色彩，更是一种生命的欲望。无论高原上的风雪、酷寒、荒凉有多深多厚，它都能把它们射透照亮。

那是写在晨曦里的一首诗。

工程连常年驻守在昆仑山下的戈壁滩上，担负着国防施工任务。撑在沙梁上的那排清一色的军用帐篷，就是他们的营地。我去工程连深入生活，一推开连部的帐篷门，就被帐篷中间一个稀罕而新鲜的东西吸引住了：插在沙土里的四根柳桩，冒出了翠勃勃的嫩芽儿，一簇簇鲜活的浓缩了的春色！使人感到沙漠里的春天都收藏在这顶帐篷里了。四根柳桩上放着一块不大规则的木板，好像乒乓球台。那柳芽围着木板的四周盘绕着，似乎是一双巧手给它镶的绿边。木板很光滑，上面除了两个插着骆驼草的罐头盒外，再没别的东西。

我端详了许久，也没有弄清楚这是何物。说是工作台吧，它拖着四根活生生的柳桩；说是柳树吧，它又为何顶着一块沉重的木板？

帐篷里有个兵正在小磨石上磨铁锹，显然他看出了我的疑惑，说：你细看那木板上的字，都在上面写着哩！说着他把小磨石在水里蘸了蘸，用劲地打磨着，锹刃上流淌着一道道乳状的灰水。

我看了看，木板上面果然有三个字：桌子柳。字是用烙铁或什么东西烫出来的，沟沟深浅不一，但看上去蛮结实。

"'桌子柳'？谁培育的？做何用场？"我巴不得马上揭开这些谜底。

那兵停止了磨锹，锹在空中一抢，锹刀闪出了月牙状。他说，发明桌子柳的专利权属于咱们团长。生活在戈壁滩日子太单调，太苦涩，有了桌子柳就好多了。兵便细细地给我描画起来——

前年春天，工程连从内地开拔到青藏高原，驻在戈壁滩。这里完全是另一个世界，"刮地风"卷着黄沙没黑没明地搅和着，天昏地暗，手一伸就能抓一把沙子。吃饭时碗里拌着沙子；洗脸时盆底沉淀着一层沙；夜里睡觉枕着沙子一起入睡。第二天早上醒来时，身上沉甸甸得像压上了石头，沙土把被子都埋上了。战士们叫苦，也有怨气，这又苦又涩又干的日子怎么熬呀！大家的抱怨和无奈，被下连队检查工作的团长听到也看到了，他说，活人还能让尿憋死？咱们想办法让日子变得滋润点，尽力而为，还是可以做到的。不久，团长就扛着一根长长的柳木棍来到了我们连里，他二话没说，就把那柳木棍砍成了四段，插进沙地。团长说，"这柳条见土就活，有水就长。成活一根咱不嫌少，成活四根咱赚三根。"你还别说，四根柳棍全冒芽了，长势很欢，真招人爱。有了柳芽帐篷里的气氛就不一样了，人们的感觉也不一样了，眼睛湿漉漉的，心里舒舒爽爽。大家常集中在这里谈心、开会、学习。后来，连长又冒出了个新的想法，他让连队的小木工就着这四根柳桩的便，锯了块木板，架在上面，大家把它当作桌子，学习、工作更方便了。"桌子柳"的名字，也就叫开了。

连部的帐篷里长出了桌子柳，班排里的战士也跟着学样，在各自的帐篷里培育成了这样的柳树。这些桌子柳有大有小，有高有矮，但一律的青翠，可心醉人。有朝一日，工程连移房搬家，拆掉了帐篷，这十多棵桌子柳暴露在光天化日之下，那将是多么别致而又壮观的绿色队伍！

鱼从月牙湖飞到太阳湖

黄河源头这两个湖的形成本来就很奇特，是没有身临其境的人憋破脑袋也想不到的。再加上两个湖里的鱼又神使鬼差地能飞起来，这更是奇中生奇的奇妙事了。

黄河流出6月也有皑皑积雪的巴颜喀拉山后，在瞬间收住脚步，漫不经心地拐了个弯。原先闪烁在河波上的那些欢蹦喜跳的浪花也随之消失。这时展现在它面前的是泾渭分明的另一个天地：丘陵与平原犬牙交错的地带。也许是在深山中经过漫长的流程被压抑得太憋闷，现在一出山手脚放开了，它那柔软的流水顿时变得狂奔起来，冲出河床，自由自在地流淌着。它蹦蹦跳跳地跑进了半绕着一座山坡下的洼地里。月牙湖就这样形成。

在月牙湖的上方不足百米处，有三条泉水河，水流不大，清澈得可见河底茸茸嫩草与圆圆卵石。这三条河是从深山崖畔吐出来的泉水，叮咚脆响，空谷悠长。远远地就能看到它们在山的脊背闪光，如带似画。快流到月牙湖时三水冷不丁地合为一水，这一汇合它便无法转身，获得再生，生出一个婴儿，河变成了湖。不是吗？瞧它有意无意地创造出的那个圆形水面，活脱脱的像湖。当地人以貌取名，叫它太阳湖。

月亮湖和太阳湖虽然都深藏在青藏高原，但它们是两个家族的产儿，同根不同妈。一个源于河流，一个出自山泉。近在咫尺，远在天边。它们完全可以井水不犯河水各管各地走在巴颜喀拉山中。黄河源头缺了水，太阳湖的清波照旧映着地平线的尽头；山泉断流了，月亮湖也不会间断它滋润大地的爱液。然而，事情并非这样，它们好像忍受不了大山里厚重的寂寞和宽广的空虚，在一个黄昏或一个午后，悄悄地走在一起，多情地挽起了手臂。月牙湖里涌动着太阳湖的波浪,太阳湖里也流淌着月牙源的旋涡。这样,人们便称这两个湖为"巴颜喀拉山中的一对日月湖"。

谁使它们相依相融?谁牵起了它们的手?

是高原上的雨,还有两个湖里的鱼。

世界屋脊上的雨总是在人们不知不觉时突然降临。刚才看到的还是映衬在蓝天下朵朵透亮的白云,转眼就成了可以拧出水来的乌云,随之而来的便是一场劈头盖脸的大雨。草木惊慌地摇晃着,接连不断的雨点砸得遍地水雾四起,地上的雨水横流竖流,水汪汪一片。

此刻,月牙湖和太阳湖之间的空地上,毫无例外的也是这样一片水天一色的滂沱情景。湖面水花飞溅,地上雨水成河。本来互不关联的两个湖被多情的天雨巧妙地连成一体。咦,那不时闪亮着白花花的是什么?

鱼。鲤鱼、草鱼、鲫鱼,还有鲇鱼。它们本来生活在风平浪静的湖里,可这阵子大雨把湖水搅得翻江倒海,鱼们根本无法享受那平静的湖里生活了,索性钻出水面将头高高仰起,难得一乐!它们先是让雨水灌入嘴里,再流到了肚里。原来雨水比湖水更有滋味,更具活力。好像是一种向往,也是一种机遇。它们便身不由己地也是心甘情愿地跳跃了起来,自身的弹力,再加上风雨的推助,竟然越跳越高,越蹦越快活。鱼们会"飞"了,从湖面飞到了空中,那柔软的身子在空中打一个挺,又落到湖里。落下来并不是终结,接着又跃起。就这样反复地跃起落下,落下又跃起。开始只是几条鱼或一小群鱼在戏闹,逐渐就有十几条几十条甚至满湖的鱼儿跟着闹水。就这样,整个的月牙湖和太阳湖是眼花缭乱的"鲤鱼跃龙门"。

既然鱼能"飞"了,那么它们就可以拓宽戏水的天地。海阔才能任鱼跃嘛。慢慢地鱼们跳出湖面到了岸上。因为岸上也是小溪似的雨水,鱼照样可以戏水,跳跃。也许它们是没有任何目的的这样又蹦又跳,但是无羁无绊的快乐跳跃使它们不知不觉远离了自己的家,从一个湖里"飞"到了另一个湖里。从月牙湖到太阳湖,或从太阳湖到月牙湖,对鱼而言,这是它们生命历程中的一次实实在在的快乐迁徙。

大雨停了,两湖中间空地上的雨水渐渐地或渗去或流失,露出了白亮亮的肚皮。那是鱼，来不及随雨水流进湖里的鱼。离开水它们再也飞不起来了，只好直挺挺地躺在地上。等待它们的将是什么呢?

　　月牙湖边驻着一个连队，兵们在大饱眼福地观赏了一场"鲤鱼跃龙门"的风景后，又大饱口福地美餐一顿"鱼肉宴"。不过，只是仅有的一次，连长发话了，下不为例。"生命禁区"里难得见到个活蹦乱跳的动物，我们要珍惜生命，这些鱼咱实在不忍心吃掉，放回湖里去，下次我们还要看它们的戏水表演哩!

第四辑
一封无法寄出的信

二道沟的月亮滩

　　我常常记着二道沟那个地方。那里没设村也没建镇，只是长江源头的一片荒野。但是二道沟住着三户人家：十个战士的兵站，五个养路工人的道班，还有一户游牧而来的藏民。二道沟的寒冷是出了名的，隆冬的最低气温可达到零下32度。可是在最冷的季节我把它揣在怀里，会一直走进唐古拉山的最深处。那是因为二道沟有一个美丽的故事，战士是故事的主人公，还与泉水和月亮有关。

　　那已经是很久以前的事了。追歼残余土匪的一名解放军战士，跋涉至二道沟时，饥渴难耐，求助无门，便爬到一眼泉水边痛饮不止。他极度疲累，浑身乏力，正饮水时一头栽进泉里就再没起来。数天后战友和牧人们发现时，他的身体已经与泉水冻结为一体，唯两条腿直挺挺地露在冰面上，好像路标矗立荒原。这路标给跋涉者召示方位，输送力量。

　　军民含泪撩起清澈的泉水给这位无名无姓无籍贯的战士洗涤遗体，然后就地掩埋。墓地距泉边百十米，一块木板做墓碑，上写"神泉之墓"。"神泉"既是对无名墓的尊贵，又对泉水寄托了深情。

　　从此，二道沟就有了一眼神泉。说它神，是因为有人亲眼所见，一天夜里，一轮金黄金黄的圆月从泉里升起，将月辉洒遍二道沟。拂晓，人们又眼睁睁地看着那月亮坠入泉底，消失了。传说归传说，但二道沟的泉月值得观赏品味，吸引了不少游人，这是不争的事实。

　　到二道沟赏月，是我向往已久的心愿。我虽然数十次跋涉世界屋脊，但是每次到二道沟都是飞车而过，留下了深深的遗憾。前年夏日的一夜，我在去拉萨的途中特地投宿二道沟，为的是赏月，也是为缅怀那位葬身神泉旁的无名战友。让那泉中月色醉我心扉，让那亡友的情怀壮我筋骨。

这夜留在二道沟赏月的游人，少说也有二三十个，他们都像我一样，在未看到泉月之前，心里已经揣上了那个美丽的传说。

月亮还没有爬上山垭。

旷野的夜，黢黑如漆。整个青藏高原被静谧和神秘笼罩着。唯点缀在黑绒般夜幕上的星花，闪闪烁烁，伸手可得，使人觉得它们仿佛就在地上，天地浑然一体了。这夜，月亮在十点后才能从山巅升起，爬进神泉。可是游人们都等不及了，早早地站在泉边等候。好像那月儿隐藏在泉水中，巴不得用双手把它捞起来。

夜，寂静如海底。偶尔从青藏公路上驶过一辆汽车，连那轮胎擦地的声响都听得一清二楚。汽车渐渐远去，夜显得更幽静。

月亮是在一瞬间出现在泉中的。不知是哪位女高音喊道："来了！来了！月亮回来了！"可不是回来是什么？月亮每晚都卧进这泉里过夜。不管它走得多远，就是到了地球那边，还是会回来的。神泉是它的家呀！

天黑得看不见赏月人脸上的表情，但是从现场悄然肃穆的气氛里可以想象得出，每个人的眼睛肯定瞪得像小雀蛋那么大。像我一样凝全力倾尽其情看泉水中的月亮：那月亮绝对不是淹没在泉底，而是游离于水中，凸现于水面。水只是个载体，它像生着腿似的站在水上。绵绵的满是柔意，鲜鲜的如蛋黄脆嫩。我甚至透过月亮看到了泉底那颗颗圆润的鹅卵石。月亮还在移动着，朝上移动，离我们越来越近，连月中飞舞着的嫦娥都看得那么真切。往日我们抬头望月，总觉得天是那么高远，月是那么可望而不可即。眼下月亮分明就被我们抱在怀中，举手能触摸，甚至张口就能咬下一块月片。

就在这当儿，又有人喊道：快来！快来！这里遍地都是月亮！

我寻声而去，兵站后面的荒滩上已经拥了不少人，都在赏月。原来兵们平日在滩上挖下一排排坑，草皮碎石粘砌，固若水泥，然后将这些坑糖葫芦似的串起来，引来泉水。在月照高原的夜里，每个水坑里都装着一个月亮。有多少坑就会有多少月亮，这荒滩也就取名月亮滩了。

我问一兵：荒郊野地的二道沟，为何要引来这么多月亮？兵答：那位无名的战友躺在神泉下已经三十多年了，一定很寂寞。有这么多的月亮陪他，他才能感受到人世间的温暖！

我许久无语，只是看着水面上那显得越来越大的月亮，心情很沉重……

背心

——一封藏文信背后的故事

那是父亲去世的第一个清明节，1990年5月上旬，恰是老人诞辰83周年。我从拉萨深入生活回京途中，取道秦川大地专程为父祭坟。这次祭父真的好有特殊意义，我是以我、还有父亲未曾谋过面的却称呼他阿爸的藏族俩兄妹的身份祭父的。攥在我手中的一封藏文信，就是兄妹俩写给我父亲的。我很感动，遥远的并不陌生的西藏土地上同样成长着浸润我灵魂的亲情和友情！这一切皆因为一件极为普普通通的毛背心引发出来的。一个藏族姑娘对毛背心的独到解读一下子升华了我对西藏这块高地的情感。藏汉之情，天地之灵，那是大爱啊，浓缩在一件小小的毛背心里……

我和这兄妹俩的相识，要追溯到1988年寒冬。当时，我随汽车团的车队从昆仑山下的格尔木出发，到藏北巴青县执行救灾任务。那场猝不及防的雪下得好狂，暴风卷着雪柱狰狞地吼着，整个藏北无人区被积雪覆盖成白茫茫一片雪海，所有的颜色和生命都消失在白色里，天地是一色透骨的白，找不出任何中心。不知有多少万吨焦虑和期盼囤聚在厚厚的积雪下。

世界显得很单调也很害怕。牧民们面临着饥寒交迫的残酷困境，为数不少的牛羊冻死饿死在草滩上，暂时幸免活下来的牲畜由于无力拯救，在饥饿和疾病中苦苦挣扎！

一个叫强巴或者叫扎巴的8岁小男孩被冻死了！那是他正和阿姐阿哥玩捉迷藏的年龄呀！一下子就被寒雪夺走了生命。这个噩耗我们是在几千里外的昆仑山军营里得到的。我们这些兵们感到了暴雪的无情，更多的是感到了肩上责任的分量。我们的车队日夜赶路程，星星被飞轮碾碎，太阳被车轮牵出。

我们的车队是奉命为牧民送棉衣、棉被、棉帽、棉鞋，所有的衣物全是刚运出军需仓库的新军品。灾区沿途牛羊尸体遍野，哀号不断，所有这些像针尖一样刺疼着救灾人的心！一位军校刚毕业的大学生排长站在汽车驾驶室顶上很动情地对战友说："救命第一，包括牛羊的生命。哪怕我们的身体只剩下一块有温度的地方，也要把它送给灾痛中的藏胞！"争取每一分每一秒钟的时间，使灾民得到温暖。我们不是将衣物送到县上交地方统一分发，而是在藏区当地工作人员的指点下，走一路散发一路。原先预想的目的地也许尚未到达，却把党对藏胞的温暖送给了他们。每把一件暖衣送到灾民手中，我们和他们总会忍不住地要流下热泪，紧紧地相拥在一起。

那天，在茫茫雪野的一个崖头下，我们看到路边的塄坎上撑着一顶被雪挤压得扭扭歪歪的帐篷，里面空空荡荡，无水无食无衣被，锅灶和地铺上落了一层冰霜冷雪。一只藏狗蜷缩在灶膛里不肯起来。离帐篷不远处的雪地上站着两个藏族小孩，伸着冻肿的双手行乞，怯生生地望着我们，眼睛仿佛已经生锈。他们倒是都穿着藏袍，只是那藏袍太破旧，不保暖，冻得他们浑身哆嗦着。我和带车队的副连长把孩子领进帐篷，想了解一些情况。没想到四面漏风的帐篷里面比外面还冷，我们又站在了风雪之中。

跟随我们的翻译通过和孩子交谈，才知道这是兄妹俩，男孩叫顿珠，12岁，妹妹央金小他一岁。他们是游牧之家，过着"早别冰水河，夜宿雪山下"的无法定居的生活。这次暴风雪卷走了他们家的上百头牛羊，阿爸阿妈追赶牛羊至今未归。眼下这兄妹俩手里只剩下拳头大的一块糌粑了，那上面还带着阿爸阿妈的体温。他们虽然饿得饥肠辘辘，却舍不得吃一口。有阿爸阿妈的气息在身边，孩子就不会走失！在这个世界上，人最爱的灵魂无非是连着自己骨肉的那块留着胎记的躯体！

我们当即给顿珠和央金送了两件棉大衣，还将我们已经散发得所剩不多的食品尽量多地匀出一些给他们。原本我们想带他们到县城去，谁料男孩顿珠死活不肯，他说阿爸阿妈说好让他们在家等候，如果他们一走老人找不到孩子会急得发疯的。孩儿的家就是阿妈，离开阿妈还有什么家！我实在心疼冻得蔫头耷脑的女孩央金，就把自己身上的红色毛背心脱下给她穿上。我通过翻译告诉央金：这件毛衣是我父亲头年来部队看望我时从家乡小镇上顺手买来给我的。老人家知道我经常跑青藏高原，嘱咐我上雪山时一定要穿上它。顿珠兄妹听了翻译的一番话，久久地望着我，眼里饱含泪花。临走时兄妹俩要我留下姓名和地址，我只是说了一句我是那曲兵站的，就挥手追赶部队去了。当时我是从这个兵站出发来灾区的，再加上兵站关茂福站长也在场，便顺口一说而已。

那个多雪的冬天发生在藏家兄妹身上这个温暖的故事，并没有因为我留下一件毛背心就轻而易举地结束。后来，也就是我们离开顿珠家的第三天傍晚，我们的车队已经在藏北大地上奔驰得筋疲力尽，兵们仍然坚持给在冰雪围困中挣扎的牧民送衣送食品。但是我始终没有忘记顿珠家的那顶量不出温度的帐篷，惦着那两个在冰冷的寒冬里盼着阿爸阿妈归来的小兄妹。就是这一天傍晚，当顿珠的阿妈急休休地在寒风冷雪里挂着一脸热汗赶回家时，儿子和女儿已经飞得无踪无影，冷冷的帐篷里只剩下了冻得僵硬的藏狗。积雪掩埋了地灶。阿妈急得要疯了，她扯破嗓子用嘶哑的声音呼唤着两个孩子的名字，这两个名字是长在她心头上的肉啊！她喊一声顿珠，又叫一声央金，轮流着呼叫。要不是一位留守牧村的盲人老阿爷告诉她孩子被一辆军车送到县城去了，阿妈真的会发疯的。现在知道孩子坐军车进了城，阿妈悬空的心有着落了。但是为什么要送走孩子，这又让她焦急万端。病了？饿了？或是因为其他原因？盲人阿爷一概不知，他看不见，耳朵也有点背，好多话总是听不清楚。

两小时后，阿妈骑着牦牛心急如焚来到县城，在解放军"军车医院"看到了正在接受输液的女儿。她很快知道了一切。女儿患感冒发烧，多亏金珠玛米的车队把她及时送到县上，要不将会发生什么不幸谁也难以预料。在这个虽然简陋却荡漾着暖心春意的"军车帐篷"里，母女俩有了以下的这番对话：

"阿妈，看把你急的鼻尖上都出了汗珠！我好着呢，心里热乎乎的一点也不冷！"央金说着就敞开胸怀，让阿妈看裹在她藏袍里的毛背心。阿妈惊喜得尖叫一声：

"哎！孩子，你从哪里弄这么个让阿妈眼前发亮的藏服，你都成漂亮的文成公主了！"

"阿妈，这不是藏服，是金珠玛米叔叔送给我的背心！背心，你知道吗，就是保护心脏不挨冻的衣裳才叫背心！"

央金把一切都告诉了阿妈。阿妈非要让女儿脱下毛背心保护保护她的心脏，她也要穿一穿，沾一沾金珠玛米的仙气。她幸福得眉儿眼儿都溢满色彩，说：咱家有了这件背心，帐篷里一百年都不用取暖的火炉了！

背心的作用是保护心脏！这是我第一次听到对背心的功能最质朴也是最妥帖的深刻解读。它竟然出自一位十多岁的藏族姑娘之口，意味深长！我好感动，好佩服！

阿妈和央金的这些故事，特别是她们在"军车医院"关于背心的对话，当然是后来那曲兵站的同志给我转述的。

1990年夏天，我又一次到西藏深入生活。那曲兵站张副站长一见我就说："王作家，总算把你盼来了！关站长调动工作之前给你留下一封信，让我们转交你，压在兵站已经大半年了！"这就是我在本文开头提到的顿珠和央金写的信。他们以为我是那曲兵站的军人，就把信寄到这里来了。信封上写的是我的名字，内容却是写给我父亲的，用藏文写的，大意是：请老人家允许我们叫你一声阿爸，你为儿子买的那件大红大红的毛背心，我们一家人轮流穿着度过了那个多雪的冬天。是它保护了我们的心脏没有挨冻。愿阿爸扎西德勒，健康长寿……

我为父亲祭坟。他老人家虽然没有来得及看到这两个藏族孩子写给他的信，没有听到他们对他买到的背心独特而温暖的解释，但我相信他在天之灵一定能感受到西藏大地今日融融美美的阳光。地不会老天不会荒，藏家人向往的美好地方一定会到达！我们，还有藏家的父老兄弟，永远要记牢保护好我们的心脏。此刻我把这封信作为对父亲83岁生辰的特殊祭品献在坟前。按照藏家人的习惯，我将信蘸上青稞酒点燃，尽力抛向空中。纸灰在天地间长久地飞飘着……

我总觉得藏族兄妹送给父亲的不仅仅是一封信，而是一件还给他的背心。远去的老人在去天堂的路上也要保护好心脏……

嫂镜

喜马拉雅山巅的那片六月雪，每天总是最先触摸到灿烂的阳光。多情的朝霞把它涂成了一只天河中的红鲤，静卧世界屋脊的制高点。太阳渐渐升高了，山巅才还原成本色，一片雪白。

这些日子，在山下哨所二十多个兵的眼里，那片红鲤般的积雪突然变成一位亭亭玉立的军嫂形象。嫂子凝视着寂静的营房，日夜伴着孤独的兵们。她那美貌容颜比身边的雪莲花还要动人。很巧，军嫂的名字就叫雪莲。

雪莲是排长的妻子。

在不朽的荒原，在荒原的那个黎明，当嫂子满身沙土一脸疲惫地走下汽车，站在哨所后面的雪地上时，边防线上一下子就变得欢腾热闹起来。这里有女性落脚，绝对是历史性的。兵们除了在哨位上正执勤的士兵，其余的人倾城而出迎接这位仿佛从天国而降的花仙子。

用"千里少人烟，四季缺色彩"来形容边防线军人的单调生活和自然界的枯燥荒芜是一点也不过分的。哨所驻地是清一色的男子汉世界，他们穿的衣服、睡的床铺、吃的饭菜甚至连出口的话语皆为很规范的男子化、军事化。在此地难得见个女人，偶尔碰上一只狐狸也是公的。在这里建厕所不必设女厕所，盖澡堂不需要修女池，兵们夜里睡觉时身上再赤露平日穷侃时言谈再粗鲁也不用担心撞上女性。

没有女人的世界是个苦涩而熬人的地方。

雪莲出现在兵们面前的那个时刻，喜马拉雅山的山腰肯定挂起了一道彩霞。兵们高高兴兴而又惶惶恐恐地簇拥着嫂子，谁都想和她握手，可是谁都害羞得不好意思把手伸出来。最后，忽然站出来一个兵，对围着嫂子的兵们说：

"听我统一指挥的口令，向后退三步走！"

兵们老老实实地听从他指挥，后退三步，离开了嫂子。那个兵又下达第二道口令：

"立正，敬礼，嫂夫人好！"

兵们齐刷刷地举手敬起了军礼，众口一声地喊道："嫂夫人好！"

嫂子怎么承受得了如此隆重的礼遇，忙用双手做着往下压的动作，连连说：

"弟兄们，别这样，千万别这样！我是来看望丈夫的，也是来看望你们的。放心吧，嫂子会把你们当亲弟弟看的，疼爱小弟兄们！"

说毕，她恭恭敬敬地给大家鞠了个躬，说："妻子是属于丈夫的，嫂子是大家的。我乐于为弟兄们做事！"

军嫂就是这样到了边防线上。

兵们就是用这样特殊的仪式迎接了军嫂。

嫂子的来队给哨兵增添了色彩。这，从兵们闪着光彩的瞳仁里可以看出，从他们那咧着的嘴唇间能感觉得出。当然，最主要的是每天早早飞来立在屋顶上喳喳叫个不停的那只喜鹊使兵们觉得这日子着实有了活跃的色彩，喜欢幽默的班长逗着大家说："以前你们谁见咱这儿天天来喜鹊，而且叫得这么欢畅？没有嘛！人家喜鹊眼里也有水水，嫌咱这清一色的地方太单调，现在有了嫂子这花棉袄，喜鹊经不住引诱，便飞来了！"有个兵故意斗嘴："照你这么说，喜鹊也会辨认个公母来了！"班长驳着："大家听见了没？这可是他强加给我的。我只是说喜鹊喜欢上了嫂子的花棉袄。"一阵哄堂大笑。

雪莲嫂的那件得体而素雅的对襟棉袄，确实很惹人爱，不管近看还是远瞧，都很入味。那件棉袄是浅红的底色上均匀地盛开着一朵朵近似梅花样的花蕾，间或还有一道道像射出来的光芒似的线条从花朵中间穿过，使人感到所有的花独立而不散，成为一个有机的整体。同一件衣服穿在不同人身上会有不同的效果。嫂子眉清目秀的脸庞，再配上那从脖后卷起在头顶挽成髻的头发，使人感到那件棉袄给天下的任何女人穿都不如她穿上这么有魅力。她早早晚晚地穿着这棉袄在营区忙碌着。因了她的忙碌、走动，以往寂寞而单调的营区也就跟着生动起来。

嫂子是杭州人，自幼喜欢唱歌，高中毕业便考上了音乐学院，后来就成了某歌舞团的演员，在当地颇有点小名气。现在来到边防线上，自然要为官兵们唱歌的，但是她的主要职责已经不是演员了，用她的话说"嫂子是大家的，哪儿需要嫂子，嫂子就出现在哪儿。"

她把战士们的被子一床挨一床地拆洗了一遍。末了，还自己掏腰包买来毛巾给兵们缝在被头上；战士们换下来的衣服，只要她见到就悄悄地拿去洗了，等兵们训练或执勤回来已经晾干后叠得整整齐齐地放在了床头；她还把自己会做的几道杭州菜的做法传授给了炊事班的两个战士。她对他们说，哨所里有一半的人来自杭州，你俩不会给这些人做家乡菜是要脱离群众的；当然，嫂子来队后，最让兵们开心、愉快的时刻当数晚上，这时她总是把兵们集合在食堂（这是集吃饭、开会、娱乐于一体的三用场所）里，为大家举行"个人演唱会"，大家点什么歌她就唱什么歌。点的频率最多的歌曲是《嫂子颂》。这支歌雪莲嫂在杭州不知唱过多少遍了，但是在这遥远的西藏为边防战士唱，感情不一样，效果也不一样。她每次唱下来都是热泪流面，兵们也跟着她哭；有时她还给兵们教英语。有些调皮的兵嫌英语字音太绕口，便说：嫂子，我们又不打算漂洋留学，学那玩意儿不是一种负担吗？等有一日想到国外去观光旅游，就请你当导游，我们光看光听不就行了！她耐心地告诉弟兄们：到了你们复员回乡那个时候，家乡肯定少不了合资、独资企业，外国佬不会少。你们不懂几句英语，可就成了名副其实的"国盲"了！

时间在欢乐中总是过得飞快。嫂子要离开哨所回杭州了。这时候，出现了一个反常的现象。排长当然恋恋不舍了，但却显得很平静。倒是那些兵们一个个淌下了难舍难分的眼泪。他们轮流握着嫂子的手久久不松开，都要求她再多住几日。有的甚至说："嫂子，我们以全体人员的名义给你们单位写信或拍电报，给你再续一周假。"

雪莲流着热泪迈不开脚步，她怎能不知道这些小弟弟们对自己的感情是多么清纯而真挚！她给大家掏出了心里话：

"你们以为嫂子就愿意离开哨所吗？为了到底续假还是不续假的问题，昨天晚上我和你们排长商讨了大半夜。他当然希望我能多留下来几天，可是，他又怕我耽误了工作。我毕竟是个有岗位的职业演员，团里下月要下乡去演出，我不回去那个演出方队里就会缺一块，我于心不忍，大家也不会原谅我。"

这时，兵们异口同声地吼了一句："那你现在就下个保证，明年休假时再来一趟哨所，我们等着你！"

听了这话，嫂子有点羞涩起来，低下了头。不语。

粗心的兵们哪里知道女人的事，又齐声喊了一声：明年还来咱们哨所休假嘛！

嫂子仍然低头不语，这时排长在一旁急了，不得不替嫂子说话了："傻小子们，你们不懂，你嫂子明年她来不了啦，她有啦！"

兵们一听，一个个把舌头吐得老长，不知说什么好。

雪莲嫂这时为大家解围说："明年来不了，后年、大后年不是照样可以来嘛。那时候我给你们带个小侄子，"她扑哧一笑，"当然，保不准也是个小侄女，咱这个大家庭里又添了个小宝宝，不是更热闹了吗！"

兵们起劲地鼓掌。一个兵说：

"明年你来不了哨所，这有特殊原因，我们批准。不过，我们明年派代表去杭州看你。"

"那当然可以喽，热烈欢迎！"

"还有，你走时要把你的照片留下，我们想念嫂子时就能随时看到你。"

没想到这个兵的话音刚一落，嫂子就立即许诺："我回杭州后，给哨所每个同志寄一张我的彩照，就让我长期留在边防线上陪着大家一起执勤吧！"

又是一阵惊天动地般的掌声。那是雅鲁藏布江拍岸的涛声啊！

一个在一些人看来也许很难下决心的棘手问题，排长夫妻就这么很默契地解决了：雪莲给每个兵赠一张自己的彩照。

从此，兵们就渴盼着这位"女兵"快快入伍。就像当初盼着她来哨所一样怀着满腔热忱。

嫂夫人说到做到。半个月后一摞彩照寄到边防。信封上写的是排长的名字，信却是写给哨所的全体战士。信不长，内容可是充满着情感与期望。

我时刻惦记着的弟弟们：

嫂子是一路流着眼泪回到杭州的，以致原来准备第二天就要照相，只因为眼睛红红肿肿的未照成。这就是半月后你们才收到我照片的原因。我在哨所时看到你们中有的人枕头下偷偷地压着从报刊上剪下来的影视明星照或一些美人照，我的心酸了好些日子。现在你们可以大大方方地把我的照片放在桌上的玻璃板下，夹在日记本里。嫂子就是嫂子，无须藏着掖着。

在哨所的四十多天里，我深深地感到你们的生活过得太艰苦太单调。你们太需要有"嫂子"们的关心和疼爱了。嫂子希望你们每个人到时候都能找到一个知冷知热的好媳妇！

                                                            雪 莲

这封信是由老班长在哨所全体军人大会上念的。读完信，下面仍然鸦雀无声。有人还喊了一声"嫂子万岁！"

排长按照妻子的意思把彩照分给同志们，人手一张。兵们拿到彩照后那个喜呀，像自己做新郎似的乐得眉儿眼儿都挤在了一起。彩照怎么保管，大家颇费了一番脑子，最后兵们商量出了一个人人都拍手称好的办法：把它镶在每个兵随身带着的小镜子背面。兵们给镜子起名为"嫂镜"。这样，他们每次对镜整理军容风纪时都可以看到嫂子。嫂子也能看见她牵挂的战士。

看嫂子，多一份对亲人和故乡的深情；看嫂子，增加一份保卫祖国的责任和动力。

嫂镜成了边防线上一处独特而新颖的风景，招引了许多观光的人。不仅是当地的藏族牧民，就连部队领导机关的军官来边防检查工作时，都要久久地、深情凝望小镜上的彩照。一位将军来到哨所听了嫂子的事情后，连连说："这是一个很美丽的故事，她是一个伟大的女性！"之后，他对着小镜上的彩照恭恭敬敬地行了个军礼。

南八仙

【八仙河与八仙女】

是河还是溪，绝难分辨。它流得缓慢、忧郁，像记忆深处往事的影子。

柴达木河，也许该叫季节河吧！这样的河在柴达木盆地很容易见到。许多细碎的溪水，蹦蹦跳跳的，有时又是悠悠漫漫，说不定在一个什么地段，防不胜防地牵手，聚在了一起，继续前行，就变成一条河。河里的水很浅，涉水而过它不会让你露着腿肚。可是最深处的水也齐不到你的腰。河心偶尔不知从昆仑山中哪座冰峰下漂来一块正在融化的冰，上面站着一只红尾绿头的鸟，给河水平添了一种色彩。这是真正的故乡的河，即使隆冬还没过去，你踏在河边的冻土上也能听到解冻的信息，会感觉出整个河流开始复苏返潮。

常常在静静的黄昏，河岸上陡地会有一声狐狸的嘶叫，丈量着即将降临的夜的深度。

寂寞的无名河我在倾听你的波声，谁在倾听我？

六月雪后的一个中午，初夏薄薄的阳光铺在河面，是一条河最美的季节。如果天地之间再静一些你准会听见阳光碰河面的声音，那是太阳给月亮讲故事的声音。我就是这时候走进了这条河，周围的绿色确实不多，但很有健朗明晰的春意。一只孤独的小雀站在荆棘稀疏的枝上，枝间薄露被它啄散。我走在河岸上，身后是从昆仑山晴过来的天空，天空下是轻雪击打过的湿湿的大地。我总觉得我是那条河里流动着的一滴水。

这样的河大都没有名字。这是因为它们的流程太短，闪过冰雪消融的夏季，就迫不及待地开始亮起了肚皮。一河床的细碎溜光的石子，河水一天比一天消瘦，一天比一天移动得迟缓。直到有一日河水消散得干干净净。山巅的积雪是它的母亲，源头。眼前的这条河却是有名字的，这在柴达木还不多见。它叫八仙河。只是在地图上查不到。

为什么唯这条河有名字？为什么叫八仙河？你不知道，我知道。曾经发生在这条河上的说很寻常其实很不寻常的那故事，震撼着我的魂，我才不嫌千里行程的遥远，赶来采访它，我捧起一掬水，就能体悟到鲜血凝成的悲壮，传递伟大的英灵。知道故事是一回事，能不能找到故事的主人公又是另一回事。我已经未卜先知地预感到后者更难。历史是一位步履蹒跚的老人，摇摇晃晃，曲曲折折，说不定某一天在某一个地方来无影去无踪地消失，连个脚印也没留下。你找吧？

两人一前一后走在河边，眺望不到远处的海市蜃楼，也听不见近处还有稀疏的虫鸣。干燥的沙土却在脚下咯吱有声地脆响着，河面倒映着精彩的流云。我身后跟着的这个姑娘一直默默无语，她的心事比我重，尽管我俩都是来八仙河寻找飘逝了四十多年的往事，但心情不一样。她的脚下落的是叹息，我的脚透着焦急。怎么会一样呢？我觅寻写作素材和找亲人那肯定是两码事。我不知道她的心现在离我有多远，我却知道我越走离她的心越近。

与我同行的这位来自皖北山地的姑娘，她是寻找她姨妈的坟地的。她妈告诉她，找不到你姨妈的坟地，你也要把你姨妈的故事给妈带回来。你姨走时我才8岁，只能模模糊糊记得她的模样，我要从她的故事里找回她清晰的模样。姑娘很为难又很幽默地对我说：那时我妈才8岁，你就可想而知我这朵小花还不晓得在哪棵没有开花的枝上打盹呢！

姑娘叫雪梅，这名字与梅无关，但与雪有缘。叫什么名其实就那么重要吗？重要的是她说她一定要找到姨妈的故事，这故事与常在河边放牧的一位藏族老阿妈有关。阿妈叫秀旦。有人说阿妈已经去世，由她的女儿小秀旦操持家务。也有人说什么去世不下去的，今个一早我还瞧见老阿妈健朗刚毅的身影摇晃在放牧场上。真的搞不清了，只要是秦砖汉瓦上的青苔，总会沾着点点古迹。反正我们是来找八仙故事的，阿妈也罢，阿妈的女儿也好，能把故事讲给我们听就成。

八仙，是指八个女兵。女兵怎么成了仙？她们参军时是纯纯清清的十七八岁的姑娘，干干净净；献身时还是这个年龄，像八朵出水的玫瑰一声不响地蛰伏于大地灵魂的深处，还是干干净净；掩埋她们遗体的柴达木整个天空即使有几朵云，也是镶着金边的白云，仍然干干净净的。这样的女兵走在这样的环境里为什么不能叫仙女？

我写了一首诗《八仙》，诗中有这样的句子：

"女兵是柴达木浩瀚天空的星座

只要她们在，灯就亮着"

含雨的白云悬在头顶，很像一件淡远的往事。有的时候，再远的历史也会被我们踩在脚下。

我俩默默地走着，人很乏困，缺氧的中午很不利索地拖着无力的双腿。白云追逐着远处山坡上的山坡，坡上有一间很像是房子一样亮亮的帐房。是明净的阳光把它镀得很亮。雪梅说，姨会在哪儿呢！妈说过，姨这五十多年一直吃斋念佛。我想吃斋念佛就该住在这样干净的房子里。这当然是妈在想念姨时自个儿琢磨的了，吃斋不吃斋，念佛不念佛，她哪里会知道。

雪梅问我：你说姨会不会住在那间漂亮的帐房里？

我看了看那坐落在坡上亮亮得像童话中的一尘不染的帐房，说：这事要去问秀旦，她也许会告诉你。只是我也没有见过秀旦，是听别人这么说的。

秀旦？

雪梅很疑惑地望着我。她肯定在想象着秀旦是什么样，秀旦为什么知道得这么多！

我说：春天总是躲在渴望的后面。你等着吧！你不找秀旦，秀旦也会来找你。

【佛龛里有八仙故事】

帐房，一间很干净的看起来四方四正的小屋，就坐落在前面的草滩。不知为什么方才我们怎么觉得它是在山坡上，视角上的虚幻差异吧。一直湍湍流淌的那条河道，在这里绕了个弯，正好把小屋围了半圈，一个小岛。我们之间突然隔起了汹涌的岁月。小屋白亮白亮的，石灰墙，淡红屋脊，被那鳞光闪亮的阳光一衬，白的更白，红的越红。给人的感觉它是在别处。

仙境童话世界！

雪梅拿出照片，往小岛上对照。没错，就是这儿。她指的是秀旦的家。稍有不同的是，照片上的房子四周草枯地秃，而眼前的小房子附近是一片绿茵。想来照片该是秋末或冬季拍的吧。这张照片是雪梅在西宁访问一位退了休的记者时得到的。老记者说，好几年前——总是有10年了吧，一个叫秀旦的藏族女人带领他在南八仙采访过，那里的不少人都知道八仙的故事。真要感谢这张照片，它引导我们找到了秀旦的家，那房子就是她的家。干净、豁亮的一个家！

我们绕着河道转了一圈，又倒回去转了一圈，也没有看到有上岛的路。小房顶上唱着歌谣的经幡们用神秘的目光注视着我们。无路，那房屋成了名副其实的孤岛。雪梅手卷喇叭喊：

"是秀旦的家吗？"

门开。一位满头银丝的老阿妈走出来，打量我们一番，说：这孩子怎么说话，懂点礼貌吗？七十多岁老人的名字就兴你大声吆喝？

雪梅赶紧解释：阿妈，对不起！我是找秀旦姐的，认错门了！

老人气休休地说：什么姐呀妹的，我都能做你奶奶了。我就是秀旦！

你就是秀旦？我和雪梅的眼睛都瞪得像铜铃。

老阿妈没有再怨我们，倒是显得和气了许多。她指着水中一行露出水面的石头说：桥。你们过来吧！有事进屋里说。

我们这才看到河里人为地摆放着一行石头，只是隐埋在水里，半露半掩，刚才我们难以发现。发现了也未必把它与路联系在一起。

我们踩着"桥"进了屋。

我感慨万千。其实世上的路哪有固定不变的模式，有各种各样。眼下这"桥"就是其中一种。这可以说是修在老阿妈心中的路，她每天来来往往，找她的人也来来往往，就靠这样的路。她的一生都会消失在这路上。这路会留存多久，恐怕无人会知道，也不必知道。一瞬也是永恒，天涯也是咫尺，死去的也会留下。这样的路值得留下脚印。

阿妈的屋内很干净，窗子半开，爽爽的清冷。往大处想也不会超出10平米，却因为十分简单的陈设，感到空空的宽落。无床无灶，只有一张四方条桌不动声色地放在靠着正中的墙前。桌上供着佛龛，三支藏香正吐着细细的烟雾，弥漫一屋清香。我觉得那烟很疲惫，仿佛燃烧了几十年。老阿妈指指佛龛，示意我俩祭拜。我们便跟着老人一起双手合十，作揖。我这才看到佛龛里贴着一张已经变得微黄的纸，上面写着一行字："八仙莅此，功德八方"。我紧紧瞅着"八仙"二字，想：我们的寻访有眉目了！

三人在长垫上盘腿而坐。这是藏家人的习惯，屋内的地上铺一张用牦牛毛编织的地毯代替了椅凳，藏人称这为卡垫。我仔细看了看卡垫，正中粗线条地勾织了一座痴呆的雪山，山下的那条弧线当然代表河流了。河岸的绿茵中的几个黑点好像是牛羊，苍天上还有几个黑点，那该是鹰吧！给我无法排除的感觉是，一个卡垫上覆盖了落满尘埃的高原岁月。

坐定，老阿妈开门见山地说：我们这儿有两个秀旦，你们是找小秀旦吧？

我忙掩饰道：不，是找八仙的。八仙的故事这个地方不少人都会知道的，特别是像您这样的老人家，知道的事情一定很多！

她并不听我的解释，继续着她的话题：你们找小秀旦算是走对了门却见错了人。她在两年前就转场随她的老公游走去了阿尔顿曲克草原。什么时候转来我真说不出个准点。

"小秀旦是你的什么人？"我问。因为我凭感觉已经隐约琢磨到这里面好像绕着一个故事，一个似乎与八仙有关联的故事。

老阿妈说，我是小秀旦的一个邻居，看着她长大的。我们藏家人冬夏四季在草原上游牧，回到驻地的日子很少也很短。我们打老一辈人起从来就不担心邻人会扒我们的家，不会的。帐房挨着帐房，从两个门进去是两家人，出了两个门都是一家人。在草原放牧要互相照应，谁也离不开谁。

我总觉得老阿妈讲话是在跟我们绕弯子，似乎不愿意涉及八仙的事。雪梅显然还没觉察到这一点，她又多此一举地问了一句：

"阿妈，小秀旦都外出两年了，怎么还不回转？"

老阿妈：她有老公保护，平安无事，她会回来的！

我终于不想再绕下去了，便直接问老阿妈：这房子里面空空的，你守着它，它有什么用呢？

老人的话题立即被我点开了，她说：空房子？你看看有这样的空房子吗？八仙，八仙庵！我们供着八仙的遗书呢！

她指着佛龛说，显得特激动，食指直颤抖。我上前去看，遗书？哪里有遗书？只有八个字：八仙莅此，功德八方。

我当然会这样问她：遗书在哪里？

老阿妈说：遗书本来在佛龛里供着，现在没有了。哪里去了？我也说不清楚。这八仙的故事永远装在我们心里，谁也抢不走的！

"那么你就给我们讲讲八仙的故事吧！"我和雪梅一同恳求着。

全面地了解八仙的故事一直是我未竟的一桩心愿。这些年我虽然也尽心收集过流传在民间的有关八仙的故事，还把有些内容很满意地写进了作品，引来一些争议也许并不出我的预料，一孔之见难免，挂一漏万也会有。但是捍卫八个女兵圣洁的故事始终是我作为一个记载历史的作家不变的追索。我总想走向大海捞起更多的蚌壳，那是八仙太高太远辽阔的灵魂世界。因为太高才凝聚着圣洁的阳光，因为太远才显示着安静的力量。我这次跟随雪梅到柴达木来，就是基于这样的考虑。此刻突然出现的佛龛里八仙的故事线索，我想如果顺藤摸瓜，保不准会摸出一个很接近真实的八仙的故事。

我们的心迹不可能不在言行上表露出来，老阿妈觉察得到也应该在情理之中。显然她看出的是我们的诚意，便说：八仙是八个女兵！

我多么希望她有更多的叙述。可是就说了这么一句后，她不再吭声了。

停顿，凛冽幽暗让人焦急期待的停顿。

老阿妈望着我和雪梅，望着。我们本来就互不相识嘛！我们和她，还有我和雪梅，都是刚刚走到一起的几个熟悉的陌生人！对啦，我看出来了，她好像希望我们再对她说点什么，说什么呢？我想了想再次恳求道："老人家，你就给我们讲讲八仙的故事吧，讲讲装在这个佛龛里的八仙的故事！"

如果要说我的请求后来起没起作用，我不敢言。但当时老人家全然没有理我的意思。她微闭双眼，两手合十，嘴里并没有断声音，却是对逝去的八仙说话，满是怜悯祭情的感叹。

"姑娘们，你们为啥要把自己交给这咬肉吸血的高原风雪，长眠在这个只有空位却无佛伴的佛龛？姑娘们呀，你们不会厌倦世事吗？我们这些活着的人会像你们当初一样坚强地活下去！"

我在一旁听着，她给谁说话呢。我算知道了什么叫自言自语。

说毕，老阿妈才慢慢地睁开了看起来比铅块更沉重的眼睑。她始终那么稳重，安详。

这一会儿，我十分认定地觉得她太像佛龛里的一尊佛了！她鬓角的一根亮亮的白发把帐房的黑暗赶走了……

【近在咫尺却很遥远的南八仙】

我至今也说不准南八仙的具体位置。依稀可以估摸的是，它位于柴达木盆地北沿稍偏西北一点的一个很闭塞的角落。可是有人纠正说，它是在盆地的东北方向。可见我用"角落"二字描绘它是多贴切了。角落，谁能搞得清角落具体是什么模样吗？总之，那个地方说坡不是坡说崖又不像崖，但也绝非平川。今宵酒醉八仙，次日酒醒太阳已过中天。就这么个浑浑噩噩它不清醒也让你睡不安稳的地方，人们难得清晰地辨清它！上世纪50年代末到60年代初，我当汽车兵时忙忙碌碌地在甘肃峡东到拉萨之间跑车，南八仙是必经之地，当然是飞车而过了。它留给我无法消失的印记是好像永远也走不近它，奇怪了，身在其间为什么会有这种游离其外的错位之感？

悟出个中的一点奥秘是后来我的汽车在南八仙一次抛锚。车子坏了驾驶员少不了吃苦受罪，如果能从苦中罪中享受点什么赏心悦目的收获，那就值得。从这个意义上讲我那次抛锚值，确实值！

我终于明白了：对南八仙这种近在咫尺的遥远感，不仅仅与它所处的地理位置以及由这种位置带来的通往它的路有关，还不可忽视的是这种环境中人产生的一种无与伦比的向往。特定氛围中虚幻也是一种真实。拒绝失望的向往，失落之后追寻黎明的向往。

汽车从当时的柴达木首府大柴旦，或者再放远一点从今天的首府昆仑山下的格尔木出发不久，就开始爬坡，慢上坡。人很难看得到只能坐在车上瞅着不断下滑的里程表的指针那种慢上坡。整整五十公里的慢上坡。汽车要磨磨蹭蹭地大约哼哧三个来小时，等车轮漫不经心地蹭到挡金山顶为止，慢上坡才很不情愿地宣告结束。如果有好事者完全可以跟着汽车进行人车竞走比赛，有时走路的速度超过车速绝对可能。车速慢扭力就大，车耗水耗油人耗力劳心！这种熬煎着时间像老牛拉破车一样的行驶，司机尽管少了几分冲动和浪漫，却平添了成熟。任何事情都有两面性，不要以为擦肩而过都会遗憾，你把它留在肩膀上，不许它擦过，不就是收获吗？正是在汽车向南八仙这样慢行的路上，开车人才有比较充裕的时间观赏到了柴达木盆地时晴时雨的景观。当然必须在夏天，最好是中午。天气变幻得十分突然，明明阳光明媚，眨眼工夫就阴雨绵长。最有趣味的是太阳仍然毫不示弱地高悬在天上，给人感觉那缕缕雨丝分明是从太阳体上抽出的金丝银线，瞧着真的很撩拨人心！虽然细雨纷飞，却依然暑气蒸人，连驾驶室内也灼热得久坐不得。驾驶员连声抱怨："湿热，闷气！还不如别下雨！"那些被热风卷着飘乎不定的雨点，往往还没有落到地面就蒸发成水汽了。有时从空中落下一团暗影，是云朵，要不就是鹰，反正别指望是雨。驾驶室闷得不行了，我们索性停车下来站在地上，仰着脸任天雨浇洒，好爽心！这阵子有意无意回头看看汽车的挡风玻璃，就会惊讶地发现那雨丝是一个妙手回春的画师，在玻璃上画出了各种各样的图案。那是两条花蛇在缠头绕尾地亲热，那是一只红狐悠闲自得地漫步，那是一条小溪正拐过一座山包……你看得入神了，竟然一时忘了还要赶路。这慢行路上大自然坦露给汽车兵的丰满和快乐，足可以抵消到达南八仙后带给我们的冷寂和失落。其实这就是一条生活的哲理，在有限的空间里眺望半个或者整个世界，让你得失相当，走向成熟。

我没有记错，那次就在我的汽车正在多情的太阳雨中慢条斯理地行驶时，助手昝义成突然惊喜万状地嚷道：

"快看！美女，不不，是仙女！"

我顺着他手臂指去的方向望了许久，啥也没有看到。"什么仙女美女的，做梦娶媳妇尽想好事！"

昝再次惊呼：怎么会没有呢，明明是一队仙女在又歌又扭地高兴着！你为什么看不到？你再仔细看看！

我举目远瞧近瞅，蓝天、白云、雪山等一切都似乎离我很近，除了丝丝热雨挂在天地之间，就是那风儿在自由地来往。我再次肯定地告诉昝：你就老老实实地当你的助手吧，什么也没有！

他再没狂喜，只是望着车窗外面。

汽车继续在慢坡上摇摇晃晃缓行。从一棵骆驼草到另一棵骆驼草，谁知道走了多远。昝义成所说的那美景，也就移在汽车后面了。他很惋惜地说：错过机会了，现在真的什么也看不见了！

前路还会遇到什么奇观妙景，昝义成说不上来，我也不知道。但是我相信昝义成刚才看到的是真的。这个老实巴交的实在墩子给我当助手已经一年有余了，要想从他嘴里吐个骗人的谎言比女人生个金娃还难，就这倔强脾气！我们这些常年在高原上跑车的司机确实会在荒漠、雪山看到一些奇怪的幻影，比如说，你看到了山脉，明明是孤孤单单的一座山，它可以突地隆起来成了一大片；你看到河谷，转眼间河谷涌腾来了山洪。你正要赏心悦目地观看时，从那边或谷底吹来遍山遍野的风，什么也看不见了。于是你会感到一阵深邃的迷惘。当然不是每个人都可以遇到这种美景，这与各人的经历和主观想象力有很大关系。通常意义上而言，比如，我们看到一座坐北朝南的山——阴面和阳面。由于人的想象和寻找，高原上的山有时会出现第三面，它不是阴也非阳，而是彩色。第三面不在山前也不在山后，当然也无法在中间，而是在阴面和阳面之上，即山巅。它是模糊的，也是清晰的。就在你耗尽兴趣睁大眼睛欣赏它时，稍纵即逝，第三面不翼而飞。它来得迅速去得干脆，一般情况下你无法逮住它的真面目。大概只有这时候你才真实地意识到它只是大自然赠予人类的幻影。留给高原人永远无法抹掉的印象是：它近在咫尺却遥不可及。后来，若干年后我们从科普书上得知那种欺骗人的景象叫海市蜃楼。可是我始终认为科普书上讲的海市蜃楼和昝义成给我绘声绘色描述的那景观不完全一样。就是说他看到的不一定是海市蜃楼。那是什么呢？

那天晚上，因为汽车抛锚我们无法赶到前方的兵站，便不得不投宿南八仙一家牧民的帐房。热情的哈萨克牧人招待我们吃过晚餐后，便有意无意地给我们讲了八仙的故事。住在南八仙的人讲八仙、听八仙，除了亲近恐怕更多的是对八仙女的思念涌上心间。于是昝义成就非常肯定地说："我白天看到了八仙！真的，我看到了八仙！"他没有说是我们，只是说我。因为我确实没有看到。昝义成见我和牧民没有回应，便进一步解释道："我看到的根本不是海市蜃楼，就是八仙！"牧民双手合十，祈祷。

半夜里，我被一阵山摇地动的震撼惊醒。我们起身才知道下起了冰雹，没法睡了，我和昝义成坐在地铺上干急火燎地听着噼里啪啦的冰雹声，砸在帐房上地上的噪声，满世界都仿佛被砸乱了。越砸越起劲，在我的感觉里那气势汹汹的冰雹把这偏远地方所有杂乱无章的噪声和不满，都集中到了我们睡觉的这间不足十平米的帐房里。难以理解的是，那牧民一直安安稳稳地熟睡着，你砸你的冰雹，他睡他的酣觉，好像什么都没发生一样。他那不时响起的呼噜声还不示弱地向落地的冰雹声提出了挑战。后来，大约过了有一小时，冰雹停了，他也醒了，给我的感觉他离开冰雹声恐怕是无法入睡的。老牧民对我们说，这个地方三天两头就来一场冰雹，习惯了！不习惯也得习惯！我嘴里没说心里却犯嘀咕，我是没法习惯的，噼噼啪啪的冰雹弄不好就把人的脑袋开个洞。次日登车上路时，我才发现汽车的翼子板和篷布被野性的冰雹砸得满是鸡蛋大的洞眼，汽车轮胎的一半埋在了冰雹里，我费了老大劲才把冰雹清除掉。这时我已经变成一个浑身缀满冰凌冰碴好像披着冰铠甲的人了。我真的此前此后从来没有遇到这样让人一想起来就六神不安的冰雹。据说我们所见并不是南八仙降落的最让人望而生畏的冰雹。就是这样一个地方，这个地方的天气又是如此恶劣，谁敢光临？一个谁提起来都怵乎胆战的地方，能不离人们遥远吗？

这就是，我一直向往着却总是走不近它或者说近了仍然难以融进去的南八仙，留给我的说不清道不明的印象。时间不断地将这个印象磨损擦亮，成为永久的记忆。

八个女兵的故事就发生在这个地方。莫要说是八个嫩皮嫩肉的女娃娃受不了这儿苦涩的熬磨，就是任何一个强悍的男人到了这里都会显得无尽渺小！渺小凸现为崇高的灵魂才最真。我敬仰！关于八个女兵的故事我已经听过多次了，此次这位哈萨克老人再次讲起时，我仍然有极大的兴趣听着。老人复述着在时间暗洞中灰烬越积越多的旧事，她的心情肯定是很沉重的。我也如此。

…………

此次南八仙之行，遇到的这位秀旦老人会给我们什么惊喜吗？

我怎么看这位秀旦的邻居老阿妈都像佛龛里的一尊佛。她刀刻般的额纹、敦厚的唇角、乌珠似晶亮的瞳仁……她是慰藉包括我在内的寻找八个女兵灵魂的人吗？

雪梅换了个坐地，紧靠着阿妈身旁坐下……

【八个女兵只找到了三具遗体】

往事，一个永远不会枯萎的故事……

20世纪50年代初，封闭塞滞了千百年的青藏高原，因为有了慕生忠将军率领一支敢与雪山冰河试高低的汉子们，修筑了一条跨越世界屋脊的青藏公路，与外界才开始有了沟通。这条路唤醒的不仅是声音，而是飞翔的生命。文明沿着弯转的简易公路加快步伐地走了进来。路是有了，汽车仍然是稀缺之物。八个女兵在格尔木下车后，还得趴在骆驼背上摇晃了三天，才灰头土脸地来到柴达木盆地北沿的这个叫马海的地方。马海当时的简陋完全称得上不堪入目，枯草遍野，漠风凄凄。直到今天人们在这里看到的还是几排拥挤着的低而瘦的平房。路边的荆丛逢人就叹息：马海，你怎么就没有一座亮得耀眼的高房？那时马海只有几间干打垒式的泥土房，劳改农场。而女兵们执行任务的地方，离这个只能隐约看到几缕炊烟的所谓戈壁小镇还隔着近25公里地呢！女兵们要在荒原上架线，护线。她们手里攥的那根银线可神圣了，要把祖国内地特别是北京的声音传递到边远的高原，使这个一直迷睡的冻土地响起金属般的鸣响。

八个女兵所在的通信小分队又分成若干个小组，同时在几个地段施工。相对而言八个女兵构建的这条国防通信线路并不是最艰苦的工程，她们只是在马海及马海周边为即将进藏的一支部队架设一条临时通信线路，部队走过后便拆除掉。而她们的战友——那些身体棒得像小牦牛一样的男战友，则兵分两路在世界屋脊上气候最严寒自然条件异常艰苦的地段，架设两条永久性线路，一条是从西宁到柴达木首府大柴旦镇，线路长1500公里。另一条是从大柴旦镇到拉萨，线路长800公里。这两条线路要跨越日月山、昆仑山、唐古拉山和冈底斯山等八座大山、名山，就那么容易征服吗？兵们雄亮的歌声，在青藏的荒原上，煮熟着每一块冰冷的千年坚冰。

打住。我只记录下秀旦老阿妈讲的关于八个女兵的故事。

这是马海一年之中很平常的一天，寂寞的雪山如旧寂寞着，沉睡的荒野继续沉睡着。马海人找不到春天的门已经习以为常了；这又是很不平常的一天，似乎谁也没有发现在一个向阳的坡头下，冷不丁地猛乍乍地撑起了两顶军用帐篷。天上铺满阳光，帐篷很冷。只有时续时断地从帐篷里或帐篷之外飞扬出来的清心爽朗的笑声，才使马海人很温暖地感觉到他们确实有了一个新鲜多彩的邻居，八个年轻的女兵。当然，后来的事实让他们真实地看到，用新鲜多彩这样的辞藻来比喻这些邻居显然太过于浪漫了。女兵也是钢打铁铸的兵，那是带着坚韧刚毅的新鲜多彩！

对于那一代人的作为我当然能理解，因为我们差不多都是前后脚在那个环境里成长起来的。可是后来的年轻人尤其是"80后"90后，恐怕对八个女兵就敬而远之了。不说别的，女兵们用白漆刷在帐篷上那句口号就让小子们目瞪口呆了："头可断，血可流，栽杆架线志不移！"干吗要这么蹦出肠肚似的喊这种口号？不要命了！女娃娃们不能温柔点！

温柔？在前线真刀真枪地拼能讲温柔吗！女娃娃也是兵，是兵就得有个战斗冲锋的样儿！

马海冰冻似的死寂被女兵们快捷夯实的脚步踏碎了。一行排列有序的电杆像有生命的活物一样，呈斜坡状向雪山顶上延伸。那山叫挡金山，因为是祁连山的支脉，大家索性就叫它祁连山了。如果有一天在马海找不到那几棵有数的充满活力的耐冬草，那肯定埋在雪下面了。一场事前没有任何征兆的黑色暴风突然降临。确实太突然，仿佛只是一眨眼的瞬间，就万马奔腾般席卷了马海。天地之间被刺耳裂肺般的风啸雪吼填塞得连一点缝隙都没有了。那是一个下午，八个女兵刚刚在一个山坡上竖立起一根电杆，只听嘎巴一声脆响，杆子就齐刷刷地拦腰截断。砸没砸着人这已经是永远无法考证的事了，反正八个女兵被暴风雪卷得蒙头转向难辨方向这是铁定的事实。穷凶极恶的暴风雪卷走了莽原昔日的寂寞，带来的却是凶残无比的恐怖。女兵们喊着鼓动对方的口号，死死地搂抱在一起，绝不走散。如果谁一旦松开手谁很快就会被暴风雪卷得不知去向。她们越抱越紧，身体以至心肺仿佛都紧紧地贴在了一起。在她们的神志尚还清醒的时候，挪步移身时就估摸着朝帐篷靠近。那儿是她们的家，到了家也许会好些吧！还好，总算到了帐篷前，谁知还没等她们进去，帐篷就被暴风雪连根拔起，呼呼啦啦地摇摇晃晃地离地飘向空中。帐篷是丢不得的，那是她们的家呀，也是军人的标志八个人死死地拽着帐篷不松手，就是不松手！她们已经顾不得去考虑暴风雪最终会给自己带来什么后果。

暴风雪像酒徒一样乱撞着头撕扯着女兵，欺侮着她们，蹂躏着她们。也是因了她们的顽强，她们的死不动摇。于是有的人被甩在了地上，甩下的人马上起身又抓住了帐篷的一角；有的却再也抓不住帐篷了，被遗弃在荒野。她们不甘心这样的下场，便用尽生命的最后力气，声嘶力竭地喊叫着战友的名字。有的女兵还呼唤着爸爸妈妈，可是爸爸妈妈听见了吗？她们仍然呼喊，直到呼叫声被暴风雪淹没……

女兵们被甩下了，八个人全都被甩下。帐篷继续在暴风雪中飞着，飘着。空空的帐篷，被撕扯得千疮百孔的帐篷！女兵们似乎还在对帐篷说：捎上我的声音吧！

她们的声音是："妈妈，爸爸，女儿在叫你，听见了吗？"……

最后帐篷无力地蜷缩在一座冰峰下，卷卷缩缩的军用帐篷像一堆废了的破布。

暴风雪终于停了，天气却变得更加阴冷……

老阿妈不再往下讲了。她的头发乱乱的，难道是她故事中那场暴风雪吹乱的？她并不看我，也没看雪梅，两只目光穿过窗户望着远方。远处田里的青稞已经熟了，谁家屋顶上的经幡在随风飘动。从故事里走出来，我进入了更广阔的世界。我问阿妈：

"听你讲的，好像有人看到了八个女兵发生的这一切？"

她并不回答我，望也不望我一眼，她有自己讲故事的思路：

"八个女兵出事的那天，我们牧村的人都眼睁睁地看见厚雪厚雾中，有一颗星星出奇的明亮，一直挂在村头的上空不肯落下。直到次日部队的同志赶来寻找女兵，那颗星星才慢慢地离去。那是女兵的英灵呀！部队的同志说，他们就是搭上命也要找到八个战友，活着见人死了见尸！牧村里的人也都纷纷加入到寻找女兵的队伍里，我的老伴就是其中的一个。今天我称他老伴，其实当年我们结婚还不到半个月。我们女人家胆子小力气也小，没敢跟着男人上去，只能在家里等待着消息。队伍上的同志和牧民分成好几路人马，在帐篷卷过的几十里地面上找人。那是多么困难的寻找呀，这里一片破帐篷，那里一块帐篷片，相距几里地，就是找不到一个女兵的人影。但是没有人打退堂鼓，大家铁了心非要找到人不可。大约是天擦黑的时候，几个牧民在山脚下的一个洼地里看到了第一具遗体。我的老伴给我讲了那个女兵遗体的情形，几十年过去了，我至今都不忍心给人讲出来，太凄惨了！你们是远道来的寻找八个女军人的亲人，我就强忍着心痛给你们说说吧！真是不忍心去看呀！女兵的整个面部被血斑模糊得难辨人相，鼻子、嘴全没有了，两条腿也齐齐地从腰下没有了。一个兵抱着遗体拍打着地面哭唤着，声音都哭嘶哑了。据我老伴说他是连队的副连长。那个连长抱着女兵的遗体号哭着：'苍天大地呀，这还是我的战友吗？你们怎么会变成这个样！'大家发誓要找到女兵完整的脸型。可是你们想想，这是多么不可能的事呀！天已经完全黑下来了，那位连长就趴在地上找女兵的碎尸！后来他们在相距大约半里的地方又看到了第二具遗体。天黑得再也无法寻找了，可是大家还是不愿离去，继续摸黑找着。副连长说，我们不能把战友们扔在荒天野地里不管，夜里我们也陪着她们。她们远离家乡见不着亲人，我们要陪着她们过夜。大家都明白副连长的心意，他是担心野狼野虫伤着女兵们的遗体。那一夜寻找女兵的人在荒野坐着一直到天亮，他们的中间放着两个女兵的遗体……"

阿妈的眼里没有泪，她说她的眼泪已经流干了。流干了还是要流的，无泪的眼泪！那是在静夜里，当她梦见女兵们时，她会哭醒的。她说她不轻易给人特别是陌生人讲女兵遇难的故事，偶尔不得不讲时，她都只能找回自己一颗差一点就被寒风吹破的心。

这是死亡留给活人的重量！

老人接着说下去。

"第二天清晨，又是那位副连长找到了第三具遗体。这个女兵的身体倒是很完整，她半卧半跪，紧握双拳，头颅高高地昂着。她双目紧闭，却望着祁连山，像婴儿望着母亲……其余的五个女兵，再也没有找到。后来大家在荒郊山野奔寻了一个星期，几乎踏遍了条条山溪也没有找到。柴达木的地面太大了，更何况说不准她们被暴风雪吹出了柴达木，上哪儿去找！"

阿妈告诉我们，连着好几天，从四乡八村赶来的哈萨克牧民和藏族牧民，久聚不散地站在挡金山下的冰雪地上，齐声祈祷女兵们一路走好。一个白天，一个夜晚；又一个白天，又一个夜晚……这是一个残酷的冬天，八位亲人被死亡带走，牧民们的心也被死亡带走。

破碎的磁瓶，何时才能还成泥土？

从此，这个地方就有了一个新的地名：南八仙。

阿妈在最后讲了这样一个细节，使这个沉睡了数十年的陈旧的故事徒然长出了新芽，也使我和雪梅的这次寻访出其不意地有了新的开头：

安葬完毕女兵遗体大约一个月之后，一位牧民在草滩放牧时意外地捡到了一件军大衣。大衣已经被撕得破烂不堪，落满尘埃沙石，唯衣领上的八一红旗红灿灿的一尘不染。牧人小心翼翼地从大衣口袋里摸出了几张信纸，是一封没有写完的信。字迹模糊，纸片残缺。这封信被大家确认是八个女兵的遗物。后来经过多人解读，猜测，才知道了信的大致内容，或者说只是一部分内容。那封信的抬头"父母大人"四个字很清楚，写在半页纸上的内容由于纸质破碎，很不完整。可以猜测读出的是，信中提到了一件好像是毛衣的什么衣物，好像是告诉收信人毛衣暂时不用寄了。因为信没有写完，也没有落款，谁写的不知道，投寄何处也不清楚。据说这位牧人把这封信珍藏了好多年，总想找到收信人，但一直未能如愿。

…………

一直静静倾听的雪梅，这时突然急不可耐地站起来，走到阿妈跟前，问：

"阿妈，保管那封信的人他现在在哪里？我要见他！"

"你们认识？"我问。我非常惊讶。

"不。你看这件毛衣！"

雪梅说着就从随身带的提包里翻出一件红色毛背心。是的，是毛背心，并不是毛衣！那是一件虽然褪了色但依然很干净、整齐的毛背心。给我的感觉它随时都可以说话。

我望着毛背心想，这是一片纯情。世上任何东西都有它存在的理由。它遗落在生命的征途上，可以沉默十年二十年，甚至上百年。但是它最终会说话的。它一旦张口其力量就无法丈量……

【小秀旦大秀旦原来是一个人】

三人，阿妈、雪梅，还有我，仍然盘腿坐在阿妈家的卡垫上。每人面前放着一碗酥油茶，缕缕热茶盘旋着升腾满屋散香。

雪梅理所当然地不愿放过那个好不容易才碰到手的线索，问阿妈：捡到女兵大衣的那位牧民现在住在哪里，我想看看那封信！

阿妈的汉语讲得不很流畅，却是认真如实回答：他一直很小心地保存着那封信，总盼着它能有个好着落。唉，毕竟是七十多岁的人了，老啦，难得熬到这一天。十年前他离开人世前，牵肠挂肚放不下的就是这封信。他把我叫到病床前，从一本书里拿出夹在里面的信，要我保管。老人对我说，好好留着吧，这是一封有生命的信，记住，它是有生命的！上天保佑有一天你把它交给收信的人。

"这么说，那封信现在转到了你的手中？"雪梅期待的睫毛飞上了喜悦。

"它在我手里搁了差不多十年，十年呀！可是现在没有了，我也不晓得它流传到了哪里，我只能把它放在我心里！"阿妈说着用拳头轻轻地捶着胸部，堵得慌！"我真的很后悔，为什么要相信一个不相识的陌生人呢！"

"陌生人？他为什么要拿走这封信？"我插问。

不善言辞的阿妈磕磕绊绊地讲起了这件事情的根根茎茎。

阿妈虽然大字不识，但是她十分清楚这封从老牧人手里转交给她的信是顶重要的，正如老人咽气前留下的那句话："这信是有生命的！"信怎么会有生命？大道理她讲不出，可她心里就像山中的泉水一样亮清，与八个女兵相关的信怎能没有生命呢！她特地做了个佛龛把信供在里面。八个女兵，八仙，是她心中的神灵。自从供起了这个佛龛，南八仙不少的人都常来拜这神位。佛龛周围挂满了哈达、彩条，香火不断。

突然有那么一天，一个自称从京城遥遥赶来的记者，满脸堆笑地出现在阿妈面前。就是在这佛龛前，陌生人很虔诚地对老阿妈说：

"老人家，我十分敬佩您这么多年来默默无闻地做了一件了不起的大事，保存了一封很有价值的信。我不是拜金主义，当然不是说这封信的经济价值了，我讲的是政治，指它的新闻价值。我是一个新闻记者，记者，您知道吗？就是在报纸上写文章的秀才，秀才这个名字您总会听人说过吧！我准备要写的文章必须写到这封信，请您配合一下我的工作。"

阿妈对这位秀才的话半懂不懂，也不知道人家要她"配合"是什么意思。但是她还是琢磨出了一点道道，好像是要她拿出那封信，便问：

"你就挑明叫响地说吧，不要绕弯弯了，是不是要看我手中的这封信？"

"我是要看的，不看怎么做文章！看过之后我还要把信带回京城。"

"不行！这封信你就是带给皇上我也不会答应的！"阿妈倔强地说。

记者开始说好话了："心慈面善的老人家，您真的好让我敬重。我把这封信连同我写的文章一并在报纸上发表，说不定就可以找到收信的人，这不正是您老人家多少年来的心愿吗？文章一登出来，我就会把信奉还给您老人家。如果真有了收信人，那也是你老人家的功德呀！"

口齿伶俐的记者这样承诺着。好心的阿妈分明看到记者的眼里放出了恳求的光芒，藏家人是不忍心让恳求的人在他们面前失望。她相信了记者的承诺，交出了那封信。

"后来呢？那记者还和你有联系吗？"雪梅和我一同发问。

"没有。他是不是写了文章，我也不知道。怎么会知道呢？我们这个地方连一张报纸也看不到，没人能告诉我这个消息的。那记者倒是留下了电话号码，开初我们这儿没安电话，没法跟外面打电话。后来放牧点上有了电话，我们拨记者的电话，电话里一个女的说没有这个号码。怪了，那女的是干啥的，我又没找她，她干吗跟我搭话！"

我告诉阿妈，那是长途台的话务员。

这件事把阿妈的心伤透了，确实伤透了！从此她不见任何来找八仙的人，一概拒绝。外面的世界太让人心寒。后来社会上又不断传来一些欺朋坑友的事，阿妈就陷入了对现实充满纠结的泥窝里。也是在这时她才忽然觉得自己活得多么清白。她坚守自己绝不放弃。当然善解人意的阿妈也对人说过，也许人家那个记者没法跟她联系，才没有把信还给她。不要总是把别人想得那么不地道。但是不可否认事实的是，这封没有归来的信确实把老人家的心绪弄得很糟糕！

后来，她就请人在原先供奉信的佛龛里写了八个字：八仙莅此，功盖八方。信虽然没有了，她继续供奉八个女兵，心中的女神。也就从这时候起，她对外来的人一律不说自己的真姓名字，虚构了个大秀旦小秀旦，告诉陌生人她就是秀旦的邻居。她的心在经过一阵躁动之后平静下来了。人，当然是心地纯美的人，不管身处怎样的境地，想追求怎样的生活，不能跨越人性的底线这是最起码的做人准则。人生的精神高地只能接纳真正的人。这样，当你无法发声时，保持沉默同样可以表达心中的真实情感。要不怎么会有"此处无声胜有声"这样的千古名言世代相传！因为在无声之中你已经收获了精神的高贵和心灵的畅悦。这个与外界几乎一直隔绝着的阿妈，真的隔绝了。只有八仙活在她的心里。她感觉自己回到了最初的那个状态。那时她刚懂事，现在回想起来正是那个时候她才真正地懂得了一些事。数十年来，这个生活在边远地方的老人并非人们想象得一直那么平静，一度现实生活也常常赋予她许多角色，她有时是为自己活着，有时也是为别人活着。因为这些角色并非全是本色，有时就难免不带表演性质。表演能本真吗？但是不管扮演什么，如何表演，得意也罢，失落也好，得意不等于精彩，失落不见得晦气。阿妈最终还是回到了最初那个自己。累够了，烦腻了，回到最初人生的状态，她心里就爽轻，就如同回到泉里洗澡一样爽心！那个记者拿走的，总是不如这个世界给予老人得多。绝对如此！

小秀旦的邻居老阿妈承认自己就是我们要寻访的秀旦，是在三天后我们再次访问她。还是我们三个人，阿妈、雪梅、我。我们盘腿坐在她家的卡垫上。阿妈说出了真实身份后，我和雪梅都异常惊愕，但很快平静。我久久望着那佛龛，不把目光收回。坐在帐房里的我却看得很远，我仿佛看到风吹过祁连山的低洼处，带走草尖上的露珠。

这时，雪梅把那件红色毛背心递上去给了阿妈……

【佛龛里供上了红背心】

红毛背心的事在我上路来南八仙之前，雪梅就已经给我讲过了。现在她给秀旦老人讲起，我是第二次听这个故事了。

我真的难以承受这个故事对我感情带来的绝然刺激。那是永生都留在一位阿妈心上痛心的伤口，太阳看见这伤口都会瞪大惊怕的眼睛，流下同情的心泪。这位妈妈就是女兵的母亲，她是一个女兵的母亲，却汇聚了所有女兵母亲温柔而坚强的幽怨……

八个女兵中的一位，也就是雪梅的姨妈叫陈晓伶，家里人一直唤伶伶。17岁那年，伶伶正在家乡卫生学校读书时一转身就当了兵。这个年龄的女孩脑子不发热是做不出这样的大事的。哪怕有一天事实使她后悔当初的选择，那她也要把头高高地昂扬着不会示弱。这就是那个年代的年轻人！家里的人只知道她当兵到了老远的地方，并不清楚要去的具体地方。等他们知道了载着伶伶的兵车开往日月山下的军营后，伶伶已经在头天夜里奉命到柴达木盆地执行紧急任务去了。还要不要奔向更远处？何时归营？都是未知数。

老娘的担心是必然的。她忧心忡忡地哭了，好几个晚上都站在院里的枣树下伤感万端地望着西北天际以泪洗面——其实她面对的方向是正南，伶伶就是沿着这里那条窄窄的乡村土路离开家的，妈妈便认定大西北就在这条路的尽头。女儿呀，那尽头就是天尽头，你去得吗？"妈呀，你哭啥呀哭？"好像是伶伶的声音，这么问她。不是的，哪会是伶伶呢，她走得那么远怎么能看见娘哭！是呀，这话问得对嘛，为什么要哭呢？女儿当兵是乡亲们敲锣打鼓送走的，全家光荣全村光荣的事，哭啥嘛哭？是的，为什么要哭，把泪水擦干才对嘛。可是娘就是做不到。为什么要哭，她也说不清楚。别人给她讲没讲过青藏高原的艰苦这似乎并不重要，她总觉得女儿到了那个地方是要吃苦受罪的。女儿受罪妈心疼！她夜夜呼唤女儿的名字，有时竟然声嘶力竭地呼唤，吵醒了身边的丈夫，丈夫便和她一起呼唤女儿。娘的呼唤俯首即是！娘的呼唤远不可及！娘的呼唤是一盏孤冷的灯火！女儿才17岁呀，这个年龄在妈妈眼里实实在在是个还要哄着玩的小女娃娃！可是这个不听话的犟女子在这个年龄硬是犟着劲去当兵！勿说女大不由娘，小女儿也不由娘呀！

伶伶要是乖乖地顺从了妈妈的安排，我们今天所得知的八仙的故事，以及我为寻找这个故事又生出的波折，肯定就是另外一个版本了。不变的是柴达木岁月的风铃依然会遥远而美丽。女儿不但不听妈妈的话，还理直气壮地对妈妈说：妈，我已经长大了，可以不要你领着就能出远门了。我要报效祖国，你不要拦着我。就在女儿讲这句话时，做娘的突然觉得眼前的伶伶不再是嚼着娘的奶头靠娘的乳汁喂养的那个小女娃！她确实长大了，竟然懂得报效国家这样的大事！娘活到35岁还是头一回听到女儿讲出这么个让娘无法回辩的话。妈妈便不再吭气了。这难道就是默许了女儿的要求吗？妈妈也说不清。

这一夜，就是女儿要离开家的前一夜，妈妈用被子蒙着头悄悄地哭了大半夜。伶伶就紧挨着娘睡，陪着娘一起哭。她还不时地替娘擦着眼泪，可就是不说话。

瞧这女子，她为什么不劝劝娘呢？

伶伶离家的时候，娘竟然没有起身送行，被子仍蒙在头上……

娘看着门前的河瘦了，依然沉默着，依然站在枣树下，望着西北方向。枣树和她一起沉默。空空落落的山村，挂在柴门上的小油灯泡着独特的乡愁。越流越细的河水挣扎着向远方流去。流累了就安然地跌进一个旱坑，扑通一声，带来更大的静谧。

秋雨湿润了枣树的枝叶，娘举起手背擦一擦脸，脸上不知是天雨还是泪，重新换地方望西北……记不得是从什么时候开始，枣树下的妈妈改变了姿势，她不再站着，却敦敦实实地坐在村下的小板凳上织毛背心。那细细的茸茸的线是她一点一点摇着纺车拧成，又染上了红颜色。妈妈知道闺女最喜欢红色，都上卫生学校了，还穿着一双红袜袜，走起路流成了一条红线。女孩嘛就应该穿红毛衣，那个遥远的地方天气太冷太冷，六月天也落雪。红色是暖色，暖女儿的心，也暖了娘的心！一根红红的线儿在娘手中上下翻飞，一针一线织进了娘的情爱。针儿排出一朵花，线儿织下一个结。小油灯夜夜亮到很晚很晚，灯亮着的时候，娘愿意说什么就说什么，可她就是不说。只是织着，只是流泪。眼泪打湿了秋夜的月光，思念渐渐长大。远方的女儿呀，你看见了吗？你离娘的心最近！可是为什么娘总觉得你离家那么远，那么远！

一件织成的毛背心，却不知寄往何处？伶伶你在哪里？她上了高原后就给家里写过一封信，信上说暂时不要给她回信，家里不是要寄毛背心吗？也不要急着寄。她们的部队过着食宿不定点的生活，等执行完任务回到驻地后再给爸妈写信。后来她在执勤中又给家里写过一封信，却没有投寄出去……

在高原执行战备任务的女兵们就是这样，她们无怨无悔地生活在随时随地都可能使自己陷于困境的工作岗位上。虽然她们曾经有过抱怨甚至悔恨，但那毕竟已经成为过去。她们的岗位就是戈壁滩，在沙石比人更干渴的荒原上，生活就是这样顽强又脆弱地显示着。翻开任何一块干涩的石头，另一面总是湿的。她们最爱看早晨那轮像印章一样的太阳！

女兵们并不盼望着下雪，雪天她们很难扯起那一根通往天边的银线。

…………

沉默。我，雪梅，包括秀旦阿妈。各人的心事不一样。但是想的肯定又是相同的事。

秀旦阿妈望了望雪梅，啥也没说。她把目光移向我，却很快又望着雪梅，仍然不语。我看出来了，老人有心事。果然她给雪梅掏出了心里话：

"孩子，你能不能把这件毛背心留在我这里，我把它安放在它应该安放的地方！"

阿妈指了指佛龛。

佛龛里还微微发颤着昨天的气息，一种无声的语言。时间凝固后的无声。

雪梅没有说话。她只是在翻腾着自己的提包。当我看到她双手捧着毛背心递往佛龛的时候，她的手抖得很厉害。她好像在走过一座独木桥，她在河这边等待了一年又一年，阿妈就住在河那边等待。互相等待。她们用一生的力量，一生的声音，呼唤着英雄的亲人。一条河曾经使历史断层。今天英雄回家再不离去了。隔绝了的爱，也许就是无限的爱。

红色毛背心。却空无一人。

几天前甚至一小时前，我绝对没有想到我和雪梅此次来南八仙，会与一件毛背心有什么关系。它是这个季节飞来飞去后终于尘埃落定的旧伤新痕。

雪梅在悄悄地流泪。是舍不得留下老娘保存了几十年的那件毛背心，还是担心这毛背心暖不醒姨妈那冷却的心？不是没有道理的担心。她只是哭，哭……

我另有担心，她这样哭下去，会不会使自己的心离姨妈越来越远！

我们返回兵站的路上，天突然悄不声地下雪了。雪片很大很大，地上却无雪。雪积在了雪梅的心里吧！

她很严肃地问我：你说说，那个记者会不会是个骗子？他为什么要拿走那封信？那封信对他就那么重要吗？

我没有回答。无法回答。

沉寂，随时可以踏响世界的沉寂。

我们当即决定，给那位不曾留下姓名的记者写封信，雪梅口述，我记录。

雪梅唯一的要求："信虽然用我的口气写，但你要写得有文采，他是个记者。秀才嘛，要打动他的心……"

一封无法寄出的信

尊敬的记者同志：

我不知道该称呼你什么，叫记者吧好像有点不敬，叫兄长又怕我的年龄比你大，就只好以同志相称了。你也许并不知道我在这里给你写这封信时的心情是多么复杂，我应该感谢你，但是又有点恨你。当然这种恨有别于一般意义上的恨，是爱到极致的那种恨。你如果能理解我的这种心情，那我的信就算没有白写。我虽然不知道你是谁，但是我必须让你知道我是谁。我们都在共同关注的事情把我们连在了一起，心是不是能连在一起，另当别论。起码我们关注的目标是相同的。这也是缘分，躲也躲不开的缘分！

为什么躲不开呢?

就是因为你从柴达木南八仙秀旦阿妈手里带走了那封信。那是一个女兵留在这个世界上最后的笔迹,尽管它残缺不全,甚至可以说它只是一张残片,但是它对我以及我们全家还有南八仙的军民是何等重要的一件遗物!这封信单单放在你和我手里也许没有多大的用途,顶多能有些收藏的价值,但是如果让它回归到故事的发生地南八仙,这封尽管不完整的信不但是见证南八仙这一地名的历史文物,还会成为鼓舞世代高原人发奋自立的教材!过去南八仙的人很虔诚地把这封信供奉在佛龛里,现在这空空的佛龛天天都在盼望着……

对啦,我还是要给你介绍一下我的情况。我叫李雪梅,是八个女兵之一李晓伶的外甥女。我姨李晓伶当兵去高原时我还没有出生,是我妈妈把一切都告诉了我。从上中学开始我就下了决心要找到姨的坟地,收集到她和八个女兵的故事。你大概不会知道,我姨遭难的噩耗是我姥姥和姥爷在五年后才得知的。这五年多么漫长啊,两位老人白天黑夜地盼着女儿归来,不回来哪怕有一个报平安的信儿也行呀!没有,什么都没有呀!姥姥姥爷的双眼哭肿了,一天比一天肿,院子里的榆树会记得。姥姥姥爷唤儿归来把嗓子喊哑了,村头的崖崖录着他们的声音!后来,也就是得知姨遇难消息的头一天,姥姥的双眼哭瞎了。她实在等不到女儿最后的消息呀!这之前的半年,姥爷因为愁怨太深重病在身已经去世了!

亲爱的记者同志,现在你可以理解我给你写这封信的急切心情了吧!我知道你带走我姨那封信完全是出于善良的愿望。你是想写一篇报道让更多的人知道南八仙的故事,这里面包括我姨的故事,我怎能不感谢你呢?也许你的文章已经写成了,也许你正在写或准备写。这都不要紧,我只希望你用过了这封信后能还给南八仙,是还给南八仙,而不是还给我。这样我们就谢天谢地记着你的恩惠。这次我跑了一趟南八仙,没有找到姨的坟地,我认为那是永远也无法找到的了。但是,如果能得到姨留在这个世界上的最后一封信,也是最幸福的事。我们全家幸福,南八仙的群众也幸福。我们大家都幸福了,难道你不幸福吗?

对啦,你归还那封信时,还是邮寄到南八仙秀旦阿妈那里。为了能看到姨的那封信，我情愿千里迢迢再跑一趟南八仙！

…………

我和雪梅写好信以后，才发现不知道寄往何处。我们都太激动太急切了，竟然忘记了最起码的写信的要求。没有收信人的姓名，也没有地址。少了前者还好说，可以把信寄给他的单位去寻找。可是，没有收信人的地址就巧妇难为无米之炊了。真的不好办。

一封无法发出去的信，还不等于死信吗？

我们只有等待春风吹来，拂动愿望的发芽！

比生存更为现实的期盼！

比永恒更为迫切的焦急！

那一天的傍晚，就是我们动身离开秀旦阿妈的那个时刻，雪梅有点心灰意冷地对我说：这次柴达木之行，将彻底耗尽我一生的热情！

我说：不，只要南八仙永存，这里永远就有一个文明、美丽的故事！

大地和坟茔

我又在昆仑山下这片莽原上踏雪而行。能搬动石子的风雪却扫不尽雪地上众多的踪迹，狼的、红狐的、野羊的，当然也有人的脚印。踪迹的凌乱，可以想象到许多思绪的挣扎。

平心而论，我是很不忍心写下这个"踏"字，怎么能在这里踏雪？你不知道我知道，此刻就在我的脚下有多少军人的生命铺成柔软的土地！但是，我的心思实在太沉闷，仿佛只有这个"踏"字才足以表达。其实我搁在雪地上的双脚一直是轻抬慢放。

路，都在雪里。

这块一望无垠的荒原就是阿尔顿曲克草原，柴达木八百里瀚海的一隅。自打它走进我的心里，我从来就不认为它荒芜。800多名官兵的遗体在地下颤抖，虽死犹生的血骨怎能不使这块土地变得富饶！长在这里的每一棵芨芨草都超度所有的生命和他们走过的路。那些排列并不规则的坟堆像丘陵一样盘锯在草丛荆棘中，长眠之后就再也没有醒来，几千个白天几千个夜晚地沉睡着。你可知他们曾经在青藏大地上唱遍了多少兵歌。但是他们死了，埋在了他们的歌声里。那些不会衰老的歌仍然流传着。我们有些人始终都唱不好一支歌，然而这些人却活着。

只要上高原，这个陵园我是必去的。

我不只带走一个故事的声音，也不只留下一种思念。昆仑月亮夜夜都是那么清亮，它要是一丸安眠药多好。那些兵只是吞下了它入睡了。我多么盼望着长眠的任何一个战友，在药劲散了以后我能够喜出望外地看到他们突然站起来，和我握握手，哪怕抚摸一下我的衣角也好！可是没有。长久的离别和相聚后都是怅然，依旧的怅然。墓地里在寒风中摇摆的小草，带给我的是空空如也的揪心呼唤。从昆仑山的格尔木河走到这里，往多处说也就是二十来里地，但是那是我们天长地久的脚步都要走的路程。前面的几代战友已经走了，我们这些还活着的人以及此后出生的几代人还要走下去。可以预言，我们会走得很艰辛，但绝不孤独。毕竟那些埋在雪里的路依然是标杆。

这也是陵园吗，什么样的陵园呢？号称八百里的地面上，零零散散的墓地只占去它的一角。遍野覆盖着一层白花花的盐碱，莽原，戈壁。它南接昆仑山，北邻祁连山，这肯定是世界上海拔最高也是面积最大的陵园了。没有围墙，远处的昆仑雪峰就是它的围墙；也少有墓碑，一岁一枯荣的随风摆动的红柳就是墓碑；没有人管理墓地，只有昆仑山放出来的野风日夜不息地吼叫着。长眠在此的军人，有的是先我一步从朝鲜战场辗转而来的第一代老高原兵，有的是在我之后入伍来到青藏军营执勤的汽车兵、工程兵和通信兵，还有的是和我同坐一列闷罐车落脚于青藏公路沿线军营的同车战友。他们或倒在叛匪的枪口下，或死于横飞而来的车祸，或被可恶的高原不适应症夺命，等等。他们的生命之根已经深深扎根于高原冻土的岁月肉体中，让活着的我们记取一生，也疼痛一生。

这些许多我并不认识的高原战友，还有一些我们驾着车一同行进在同一个车队中的战友，其实我们都熟悉各自的身影、面容。因为大家曾经共同品尝过泥泞路上行车的艰辛与企盼，也一起分担过大雪封山带来的焦虑与绝望。苦也好，愁也罢，都走过来了，就成了财富。让我最忧心思虑的是他们当中有些人没有走出高原，就在雪山或戈壁滩永远地闭上了眼睛。吃雪咽水好多年，直到死了身上还盖着厚厚的雪被！高原风雪呀，咋就把我们这些兵折磨得如此残酷！今天的太阳好红，我还活着，这当然很荣幸。在我的心目中，眼前的这一堆堆坟茔都是一座座山。一座山，对世界屋脊来说是那么微不足道，而对于我乃至活着的人，却是何等重要！如果我轻而易举地把这些坟茔抛弃了去找自个享受的乐园，良心会受到深深地谴责！

我说的仅仅是昆仑山下这片"乱葬坟"——你千万别以为我很情愿写下这三个字，干吗要把逝去战友的安葬描绘成如此不堪入目！可是，不这样安葬又能怎样呢，不要忘了那是什么年代，20世纪50年代初期和中期，共和国刚刚在百废待兴的土地上站稳脚跟，青藏高原之艰苦之简陋是令人无法想象的。一切供应都是从内地用骆驼或汽车运来，西藏连块肥皂也不能造。牧人们要把作为主要燃料的牦牛粪饼点燃起来，还得用近者兰州、西安，远者北京、上海的火柴。就说当时被人称为戈壁新城的格尔木吧，才是刚刚从六顶帐篷脱胎出来的荒原小镇，房子几乎全是用几根木柱撑起来的半地上半地下的简易房，称之"干打垒"。人们都在脚板不挨地地忙碌着为西藏运粮食和日用品，格尔木这个新城的诞生完全是为了和平解放不久的西藏而存在的。在这种节衣缩食都难以维持起码生活水准的情况下，我们的战友离开了人世，不管是多么了不起的壮举，也只能是就地掩埋，而且不会有像样的仪式。棺材也简易，就连给坟立个墓碑，也无法做成石料的。石头和匠人在哪里寻找？所以绝大部分死者的坟头插个木牌就当墓碑了。木牌抵不过高原的风吹雪打，不出一个月就没有了！

入土为安。安在何处？

藏北一片沼泽地的土岗上，凸现着几堆荒草覆盖的坟包，乍看还以为是丛丛水草绣成的礁岸。里面埋的什么人，已经很少有人知道了，更无文学记载。只是传说在和平解放西藏那年，为了巧取羌塘草原一个喇嘛庙，一个班的解放军战士献出了年轻的生命。军民合力在这个水泽上垫起了小岛，把战士掩埋。藏民说，用水做坟的围城恶人靠近不得。另有说法：水能使兵的遗体较长时间保存。

拉萨河谷羊八井兵站的后山上，掩埋着一位藏族战士。他死于1959年3月平息西藏叛乱的一次战斗中，18岁。据说向他扣动杈子枪扳机的正是他的阿爸，父子走上了两条路，泾渭分明，互不相融。他死在开春的三月，却与莺飞草长无关。冷冰的现实为他送葬；

楚玛尔河畔，零零散散的坟堆在凄风冷雪中一年一年地变秃变小。当年修筑青藏公路的战士和民工与暴风雪在此地有过一场生死鏖战，一队骆驼和它们的主人在骤风疾雪中倒下。如今荒野上还能找到骆驼的白骨，可是赶驼人的故事却没有几人知道。我曾经多次投宿楚玛尔河兵站，写过一首诗这样感叹："在可可西里的夜晚，听不到楚玛尔河的涛声，我就整夜无眠！"

…………

索性不去说这些为好了。只要我们把每个亡友放在我们心中最暖和的那间心房，让他们在天堂不再挨冻不再心惧，这样我们隔着一些恍惚的岁月爱他们，同样可以看到他们清晰的眸子里映着昆仑山的月亮。这样就好！

我站在京城的胡同口仰望西北。

西北望，真诚的泪水里有一块金，痛苦的泪水里有一滴血！一切都是由不得我的。

西北望。望，是因为还怀有希望。有了希望，就有了力量，我们的战友就会虽死犹生地活在我们希望的每一天里。我相信他们的遗骨就会化为昆仑山，成为不朽的形象！

第一个"常住户"

　　有一天，我闷在格尔木青藏兵站部指挥部并不讲究却很安静的房间，写不出一个字来。可是谁都知道这是部队领导特地为我安排的很适合写作的地方，南望昆仑，北眺祁连，诗情画意。此时，充满在我心头的是那片坟堆连着棘丛、棘丛蓬遮着坟堆的零乱墓地，暮春在那里已经看不出痕迹，只有漠风骑在乱草枝间。每次走进亡友的坟前，我依然心怀遥远。我总是这样探问自己：是谁最早把自己或战友的墓地选在了昆仑山下这块莽原上？也就是说是哪位军人的遗骨成为这戈壁滩上的第一个"常住户"？

　　天气预报今天有雪，六月雪。可是我凭窗南望满街都是尘埃纷飞。每次下雪的滋味不同，故事也就不相同。我看见从窗口流进的阳光在晃动，留在我记忆屏幕上的往事渐渐在眼前浮出。

　　好像是上世纪50年代末，一个烈日暴晒刮着干燥沙尘的夏日午后，我和一位战友在格尔木散步。街上行人很少，偶尔有一峰骆驼不知从哪里走来停在路边，慢慢吞吞地咀嚼着食物。风沙也像疲惫了似的懒洋洋地从驼背上吹过。给人的感觉这个白天世界的一半还在沉睡着。我们无话不谈地走着走着，不觉就走出了城市步入广袤的荒原上。快走进察尔汗盐湖时，我猛然间发现眼前凸现着一堆新土，斜躺在上面的一个花圈告诉我们这是一座墓堆。花圈上有数的几朵白花在干风里哆哆嗦嗦，几分悲凉，几分怅然。没有可以说明墓主人姓名和身份的任何标志。这路上匆匆行人的无名生命的倦怠，马上改变了我的情绪，我无心散步了，便静立在墓堆前。旷野是死去的寂静。

　　这儿埋葬的是谁？

从骆驼刺厚叶上时而蒸腾出来的火气，使墓地的空气黏稠。我抬头四处张望着，这才发现在百米外的塄坎上站着一个战士，他正默默地打量着我们。看得出来他对我们的行迹有些怀疑，我看到他的衣袖上戴着黑纱，一直不换眼地盯着我们。直到我随手采来一束红柳放在墓前，他才离我们而去。我喊住了他，想问些更多的关于死者的情况。这是写作人习惯的做法。

我问：他是什么人，怎么死去的？

答：战友，肺水肿。

我又问了死者是哪个单位、年龄、姓名之类的问题，均没得到回答。那兵离我们而去，大步流星，头也不回。

我完全理解。陌路相逢，干吗把什么都告诉你！

我拖着沉闷的脚步回到军营，我们一路无话。好些日子，我的心情一直无法平静下来，眼前无法消失的总是浮动着荒野上那座孤零零的坟包，心里涌动着一种难以言说的酸楚。格尔木是个刚刚诞生的新城，执勤的部队和驻地的群众相加也就两三千人，为什么城市和墓地几乎同时诞生？

察尔汗盐湖上的这个孤坟的墓主，应该说是青藏公路通车后我看到的第一个献出生命的战士。所以在好长时间乃至到今天，我总觉得他是昆仑山的第一代先人！他是永远的鲜血，独自地睡眠，生长，飞翔。

现在回想起来，似乎只是过了几天，也许一场雪落地还没有化完，当我再次来到那片荒滩时，就有了第二座、第三座坟墓。几年不见，墓包就是一片；又是几年不见，成了一大片……现在那里已经是800多名官兵永久的归宿地了！

后来，渐渐地人们便把这片墓地称作格尔木烈士陵园了！

我别出心裁，在我的作品里把它称之为高原军人的"第二个家"，我实在不情愿叫墓地。家，那是歇息的港湾。活生生的人怎么转瞬变成了一堆冰冷的土？蓬蓬勃勃的红柳滩为什么一不留神就蜕化为一片死寂笼罩的墓地？也许不相信这个事实，也许处于无奈才相信了它。我每次走到昆仑山下的荒原上，脑子里总是免不了常常蹦出这样的想法：那些跌跌撞撞行驶着的汽车，最好停驶别动；那些总是瞎熊一样奔跑着撞到盗猎者枪口下的藏羚羊，也最好不要呼哧得那么频繁。让时间定格停下来，窗外没有那些阑珊灯火，可以是河流，可以是村庄，或者是永远静静的沙漠荒原。人与动物永远隔绝，人与缺氧永远断裂，人与疾病永远绝往……这样还会有死亡吗？只有生活，只有快乐，只有阳坡小草那样承抚着阳光的爱情……

我就是这么想的，不这么想由不得自己呀。当然这是痴心妄想了。不得不想的痴心妄想。好了，打住。还是回到我们不得不说的话题上，关于高原军人死亡的话题。

相当长一段时间，我苦费心劲地奔走高原，寻找第一批或者第一个长眠在青藏山水间的先烈，是如何走到生命的尽头的。也就是说，我要得到他们留在世上的最后一个故事。为什么要这样呢？这绝不单单出于创作的需要，更多的是情感的驱动力。我敢肯定地说，我得到的将是一个既悲壮又悲惨的故事，当然更多的是悲壮。为祖国而死的军人在任何时候都是重于泰山的。无论如何没有想到的是，这样的故事我没有追访到，却亲身经历到了。

我说的是我的战友王治江的死。

【一个人的陵园】

1959年深冬那个太阳被浓云遮住的中午，我所在的汽车团一支快速支前运输分队，在接到命令后不足一小时出发了。50台车都是从各个连队抽来的技术尖子驾驶员开车。为什么要强调尖子呢？因为这是临时决定执行的一趟紧急战勤运输，车队必须驶出青藏公路，限时将一批平叛部队和武器弹药运到巴颜喀拉山腹地，歼灭一股叛匪。我是一个新兵，作为司机的助手前往。车队行进得十分艰难，山中根本没有路，汽车的轮子就是路，叛匪的枪声就是目的地。常常有这样的情况，走着走着车队不得不停驶，原来车轮前是从天而降的泥沼或沙海，随时都会把任何一辆试图前往的汽车轮子吞没。这样车队就不得不后退，另择道路。另择道路就那么容易吗？遍野都是水泽或沙海，你必须绕行好多路才能驶上一条比较平坦的车行道。就这样走走停停，停停行行，大约行进一小时，在一个山洼里车队遭遇到一小股叛匪的偷袭。坦率地承认，我们掉以轻心或者说因为不断地选择行车路线而放松了警惕，才招致车辆和人员受到袭击。叛匪一共不足10人，我们50台车，一台车上正副驾驶员两个人，加起来就是百十号人。这么多人马不说别的，光是把汽车发动起来，马达的吼声也能把叛匪轰跑。狡猾的叛匪见我们人多势众，还没交手就溜之大吉。谁知他们当中两个匪徒装扮成藏族牧民混进我们车队，乘大家不备烧毁了两辆军车，有两名驾驶员受伤，一名当场阵亡。

　　死者就是王治江，我的同乡——陕西扶风人，也是同年入伍的战友。入伍前我俩同在扶风中学读书，同级不同班。关系谈不上十分密切，但是乡友、学友、战友这三层感情无论如何会使我们做到互相依赖，足以依靠。此次执勤上路的前夜，我俩还在月色朦胧的出发地格尔木停车场，互相传阅了家中来信，倾吐远念亲人的乡愁。两颗年轻而好强的心有一个共同的心愿：力争圆满完成任务，胜利归来后给父老乡亲和老师写封报喜信。这是我们穿上军装后第一次上路执勤，我俩都很看重，治江说："胜利完成任务后，关于报喜的信由你执笔！"我答应了。那时候我已经开始在报刊上发表作品，这类提笔洒墨的事自然会落到我头上。然而，我做梦也没有想到治江的这个心愿永远地悬空未落了，他走了，走得那么匆忙，那么突然！匆忙得连一句话都没有留下，突然得我们都没有见到最后一面！

　　等我们赶到治江殉职的现场，他已经闭上双眼，静静地躺在雪地上。我从他那已经没有了血色的蜡黄脸上看到了死亡的宁静，看到了一个士兵去赴死时是那样从容。治江身下垫着他当兵后领发的第一件军用皮大衣，腰部略呈弓形地静躺着，露在外面大衣的缕缕绒毛，在冷风里颤索索地飘动着，好像在替主人向这个世界做最后的告别。寒风中身旁的野草一浪一浪地枯黄着去了季节的远方。这当儿带领车队的胡副营长脱下自己的军大衣，准备掩盖治江的遗体，我忙上前挡住了。胡副营长有些惊奇，他望了望我，用不解的又是有些严肃的口气问我："你是谁？你要干什么？"我回答："我们是同学，乡党，他父母不在身边，我要替两位老人多看一会儿他们的儿子！"副营长什么也没说，转过脸擦着眼泪。

治江是怎么死的呢？在现场的人说，他是跳车而死。跳车？原来就在叛匪袭击他们这台车的驾驶员时，作为副驾驶员的他推开车门准备下车——可以推想他此举的目的只能有二，一是引开叛匪的火力点，保全开车人正常驾驶汽车。因为他十分清楚驾驶员一旦遭难准会车毁人亡；二是自己下车找准有利地势与敌周旋。果然他的举动招来叛匪的连续射击，他中弹身亡。驾驶员乘机击毙了开枪的匪徒。

我站在治江的遗体前，久久地静站，不愿离去。他满脸是血，这个形象太刺激我的心了！如果真的有那么一种可能性，我会用力掏出自己滚烫的心放在治江的胸腔内，这样可以换回他的死亡。真的，我相信他的许多战友都会像我这么想。

那天，下着雪，雪一会儿大一会儿慢，慢时那雪片久久地飘在空中不肯落地，给我的感觉这天气好像有话要对我们说，却不知从何说起。静静躺着的治江身上很快就积起了越来越多的雪，我们不时地轻拂去他脸上的雪。这时我才看到他的头发乱乱的，一撮一撮地卷曲着。战友告诉我，治江遇难后，大家都不相信这个事实，他怎么会牺牲呢，一小时甚至半小时前大家还在一起谈笑，怎么说死就死了？于是战友们便轮流抓着他的头发，希望可以唤醒他。就这样他的头发被抓成了这个样子。我看到他的睫毛上凝冻着雪粒冰豆，在风雪里一动不动地晃着。那情形多像我们这些活着的人眼睛里含的一滴泪，我们怎么悲伤也不会让它流下来。这时胡副营长再次脱下自己的军大衣，再也无人阻拦，他盖住了治江的脸。这件佩戴着上尉军衔的军衣，给王治江送去了他享受到人间的最后一丝温暖，也成了他的陪葬品。天空的颜色毕竟单调的时候居多，人生的路自然不可能无限。星空高远，生命多么卑微！

击退叛匪后的宁静是短暂的。我们抓紧时间挖坑，就在路边一个山坡上把治江掩埋。谁的心里都很难受，更多的是无奈，确实无能为力。毕竟还是有能力为他选一块相对好一点的安眠之地。山坡向阳，治江可以越过高原的寂寞天天看到太阳升起的地方，远方之远，那儿有他的故乡。没有棺材，用一块蓬布裹着他的身体让他入土；没有哀乐，胡副营长鸣枪三声送他远行；没有父母兄妹和他做最后的诀别，车队的战友排成整齐的队列，在他的坟前默哀许久。王治江就这样顺着车轮消失的山路走远了，无声无息地永久安身于巴颜喀拉山中。他孤零零地躺在了遥远的他乡，家乡的亲人不知道他的归宿地。为他送葬的战友后来也各奔东西，渐渐把他淡忘。作为乡友和战友，我当然记着他，却没有机会再去巴颜喀拉山为他祭坟。执行完平叛任务后我们的部队就驻扎在昆仑山下，巴颜喀拉山、昆仑山，相距数千里！好几次我曾想写信给治江家里，告诉他二老儿子安葬的地方，却始终没有勇气写出巴颜喀拉山这五个字。这五个字为什么这么沉重？据我所知，家乡的政府告诉治江的父亲，儿子牺牲后安葬在烈士陵园里。老人哪里知道那个陵园只有儿子一个烈士！我就是有10张嘴也难以给老人家把这件事描述清楚！退一步讲，即使老人家能接受这个善意的谎言，年迈之人如果执意要去巴颜喀拉山探望儿子的灵地，如何去得了呀！关于王治江的坟地，我，还有像我一样热爱着他怀念着他的战友，这一生只能在心里拥有一个无须寻找的方向，用虚幻的事实锁住自己漂泊不定的双眼，直至有一天我们也离开这个世界！

是的，一个人的墓地也是烈士陵园呀！

大概在上世纪80年代末的一个中秋节之前，我有机会去黄河源头采访，顺路去了一趟巴颜喀拉山看了看当年我们到过的几个地方。自然心里放不下治江，要去看看他的。我寻找了整整半天，好不容易才看到一个模模糊糊的土堆，几乎被蓬草淹没的土堆，我认为这大概就是他的坟了吧！只是很难与当年的情形对得上了，我恍惚记得那坟地旁曾经是一条小河溪，如今它为什么不再流动？我也依稀留着影子，那坟头不曾有屋舍，现在怎么成了道班房？此刻眼前呈现的完全是另外一番景象！只有那个土堆还在越来越小地残留着！我想一定是有一个好心人见证过当年的场面，才不忍心把这个兵的宿营地荡平！我踩疼了坟前的枯草，三鞠躬。亲爱的乡党，可敬的战友。我只好走出巴颜喀拉山，却不知该去哪里！那一刻太阳很红，光芒烫平半个天空。我的心依旧冰凉。人呀，生一次死一次，就完成了荣或辱的一生，就这么简单！

那晚，我投宿在离治江坟地不远的花石峡兵站，那是我入伍后不久就写出了小散文《夜宿花石峡》的地方。80年代的花石峡已经迈出了巨变的步伐，原先的兵站变成了新改道公路的一部分，不远处好像是气象站什么的，蓝蓝的小木屋格外耀眼。可以得以安慰的是，治江的坟堆还是保存了下来，只是比当初又小了不少，小得仿佛有人撂起铁锹就可以铲平。但是它顽强地突显在荒原上，好像要向人们召示一种什么精神。那一刻我站在这座简陋得无法再简陋的士兵坟前，孤独的风把一缕哀痛扬起，冷着我的心。不知为什么我心头突然莫名其妙地涌上来这样一个想法：干吗让这兵坟这样凄惶地存在着，"定格"在巴颜喀拉山！这样治江就在这儿落户，生根。这样下去，叫人记住他又记不牢；忘掉他又忘不掉。那是一个红色伤口呀！不如铲平它，荡掉，让它彻底地摆脱遥远的孤独，转世到家乡去。要知道双鬓苍斑的父母就是不知道儿子葬身何处才咽不下最后一口气啊！

次日，我告别花石峡去玉树之前，再次来到治江坟头静立许久，不知该说些什么。晨风在低空频飞，坟地的宁静又一次被打破。索性我什么也不说了，轻轻关上思念的心门，关上从前一段往事！

【夫妻合葬】

并不是每一个死者都无亲人在身边陪伴，也不是每一个活着的人都有为故去的人立碑的愿望。

这是我第三次站在这对年轻夫妻的陵墓前了。坟头的土依旧湿漉漉的，是被夜来一场冷雪打的，还是你那一直未擦去的浸泡在泪水之中的双眼，覆盖着永远的思念？有几株没被沙尘暴卷走的野花漫不经心地开放着。

你，刘育田，那把在业余时间总是不离手的二胡，还在弹吗？想必你会在荒野就着寂冷的月光为亲爱的人继续演奏那曲许多战友都熟悉的梁祝。悠悠颤颤的弦音，在秋风里飘得极远。如今曲调里该是爬满了青苔吧，你呀，怎么就不晓得歇歇！四十多年了手劲怎么还是那么足？

关于刘育田的恋歌绝不是传说。他是我的战友，我们都是汽车团政治处的年轻军人。只是那时他已经佩戴上了中尉军衔，我还是个士兵，上士军衔。也许正是因了这级别上的差别，才使我比较容易地走进了他爱情故事的中心。那是每个人"心灵地理"的空间与情感。手握钢枪的军人也没有不可告人的爱情秘密，但是也要承认你和我还有他，其实每个人的内心深处都保留着说不完又无法说得清的故事。

刘育田长得很帅气，军中独有的英俊。一副金丝边眼镜恰如其分地架在鼻梁上，好像专为他量身而做，平添了几分文雅。那个年代，他在军营里绝对属于很有文化的那一类军人，初中毕业已经是很高的学历了，何况他还读了半年高中。最富有诗意的是他会拉一手二胡，从那两根弦上颤出的声音相当扣动人心。我们每次举行联欢晚会，都少不了他的二胡独奏。刘育田的女朋友在家乡冀中平原的一所小学任音乐教师，我从刘育田那里见过她的照片，大眼睛，微翘的眉毛，好有几分迷人的傲气！两条乌黑发辫，从鬓角处垂下来，拢到耳后又合并为一，直拖到腰间，在两条辫子合并处，很精致地系着一条小巧惹眼的手绢。是一个看上她一眼能让你老半天都在回味她的女人。刘育田是那种不可貌相的男人，外表看文文弱弱，蛮书生气，却特别能吃苦。突出的表现是在他跟随汽车连队上路时，那时跑青藏线的汽车部队运输任务相当繁重，我们这些机关工作人员，经常下到基层抓落实工作。刘育田是管青年团工作的干事，几乎终年都随车队在青藏高原奔跑。瞧他这身跑山蹚河的装扮：不论冬夏总是穿一件皮大衣，蹬一双毡靴子，腰间扎一条宽宽的军用皮带。这些把他那个很文雅的金丝边眼镜掩盖得很不起眼了，成了一个典型的高原汽车兵的形象。他出发后就是驾驶员的半个助手，什么样的脏活累活都下得了手，和战士们处得相当融洽。只有在执行完一趟任务回到驻地机关后，他卸掉那身臃肿的打扮，金丝边眼镜才又英姿不减地显出姿色。

正因为运输任务太繁忙，频频出发，刘育田几次推迟婚期，直到30岁那年才从格尔木回老家完婚。1959年初夏。

那是他婚假休息到差不多一半时，部队的一份加急电报召唤他提前归队。他立即用电报回复：要和新婚妻子一起来格尔木。我们都理解他的心情，休假的时间一共30天，他回到家一周后才办的婚事，小俩口的新婚被窝才刚捂热，就要归队执行任务，难舍难分呀！带着新娘上高原，不仅使他们相亲相爱，延长新婚蜜月的日子，也给这女性罕见的男子汉世界添一片诱人的色彩。快乐的事！

我们政治处的全体人员一齐动手，在那排泥砖垒成的干打垒式的军官宿舍里，特地布置了一间舒适的新房，等候刘育田夫妻的到来。每个人的心情都毫不例外地亢奋，还有几分躁动。好像期待的不是别人的新娘，而是自个的幸福生活。

我们都盼得心发焦。

就在大家估摸着刘育田夫妻该到格尔木的那天早晨，突然有人捎来口信（当时青藏线还很少有电话、电报之类的通信设备），说他们乘坐的汽车在祁连山下翻车，四轮朝天，女的当场死亡，男的压成重伤。

我们政治处立即派人到了事故现场，我是其中一员，而且我是第一个赶到的。事故现场仍然保留着：刘育田已经送到附近的花海子兵站抢救。他的妻子翻车时被摔出汽车车厢，面部正好挤在一块巨石上，半边脸被挤掉了，剩下的半边脸完全变形，血肉模糊，惨不忍睹。我从他们随身带的小皮箱里找出一件干净的衫子，掩盖了她的脸。

刘育田的生命只延长了几小时便停止了呼吸。他临死前，用尽浑身力气，留下了这样一段话，算是遗言：

"我是个罪人，无法饶恕的罪！即使有一千条理由我也不应该带她来格尔木。我对不起她，对不起生她养她的冀中平原那块土地……她本来说让我先返回高原，等她在家孝敬一两个月我的二老之后，再去高原。是我……还有家里的亲人们说服她上了高原。你们不要把翻车闯祸的事告诉她的家人……老人们是承受不了……这，这种打击的。一气之下什么事都可能……做……做得出来。我已经害了她，不能再害她的父母了……她先我一步走了，我也会随她一起走的。我请求在我死后，不要把我们埋在陵园里，千万不要。在昆仑山找一个偏僻的角落，埋了就行。也不要立碑，让大家很快忘掉我们，特别忘掉我这个负罪的人……"说毕，他双手颤抖兢兢地举起了平日里绝不离身的那把二胡……

他断断续续地、反反复复地讲完上面这番话，有气无力地讲了好几遍。一个生命即将终结的人，说出这样的话，没有理由不相信他的诚意。但是我们当时真的无法理解他这样做的用意，为什么不进陵园呢？在昆仑山找个角落掩埋，连大家去扫墓都不方便！直到今天事情已经过了近50年，我回想起来心里依然很疼。最终我们还是忍痛依了育田的意思，这是他的遗言，如果违背了，我们的心永世都会疼的！

刘育田就这样走了！他身边一步远的地上躺着先他一步远去的身上还散发着余热的爱妻……

我，一个20岁刚出头的士兵，作为处理（确切地说是记录现场实况的笔录员）这次车祸的工作人员，目击到的惨烈状况实在让我痛心。最后我把所有的怨恨转到了司机身上，乘车的人死了，他倒活着。这个世界公道吗？可是当我好不容易在翻车的现场找到司机以后，满腔的怨恨竟然烟消云散。他呢，正哆哆嗦嗦地缩卷在汽车轮胎前放声号哭。像一只挨冻的可怜的小兔，缩成了一团。只有在他举起拳头砸打自己的脑袋时，我才看见他的双眼已经哭得红肿红肿。他嘶哑的哭声和红肿的眼睛像梦雾一样弥漫在我眼前。只是怨他就公道吗？那么差的路况，那么紧张的任务，那么恶劣的气候……他才是一个18岁的孩子呀，开着6吨半的载重汽车……司机还在号哭着。我很无奈地把这哭声摘下，夹进我生命的旅途。

走出停放着刘育田夫妻尸体的临时搭在路边的行军帐篷，我举目望着格尔木，望着昆仑山。突然，我仿佛听见一阵琴声，不，是二胡的弦音。刘育田拉二胡的姿势已经凝固，包括那秀爽的弦上之路。没有人再像你一样用一把二胡把生活梳理得那么没有一点杂音。可是，你却走了，永远的二胡……

【拐杖冢】

风中飞着黄沙，冷石缝里枯草在摇曳。萋萋，荒阴。仰头望见的是空虚的天际，冷冰的太阳用阳光梳理着生命的轨迹。

我这次重返高原，可以说是为了探望一个人，一位老人。他从首都来到了高原。可是他已经死了。他死了，仅仅是序曲的一种开始。"人死了，坟头没有死亡！"我一直这么想。只是他只身来只身去。在这个世界上，凡是有理想有作为的人，免不了孤独地生活，孤独地思想。死了也这样！

1997年8月1日9点过5分，我迈着沉重的脚步踏过一段覆盖着白花花盐碱的窄曲小路，来到红柳滩。其实红柳并不多，稀稀落落这儿一丛那儿一簇而已。少不是弱，那些虽然零散的红柳依然蓬勃着生命站在戈壁滩上。它不衰不败，春来发芽，夏到开花，即便在严冬里那枝条仍像硬骨铮铮的铁汉裸露在寒风冷雪中。就在一片三棵红柳呈现着三角形的中间，耸立着一座两米高的水泥墓碑，我可以肯定地说，这是当时这个陵园里为数不多的甚至可以说是唯一的像样墓碑。三棵疯长的红柳差不多遮掩了墓碑的顶端及墓堆的一半。我没费多少劲就扒开红柳枝看到了墓碑上30位烈士的英名，涂着红色底漆的饱经雪霜侵蚀的英烈的名字，永不褪色，彪炳日月。

墓碑的后面，是一座比这里任何墓堆都要大的坟包，可以说大五六倍或者七八倍。不敢说30位烈士的遗骨都合葬于此，只能说这个坟包是30位烈士归宿的象征。因为有这样的情况：他们当中有一些同志在献身后没有留下遗骸或无法将遗骸运到格尔木，只好就地掩埋了。比如，有的同志被滔滔洪水卷走了，有的被炸山的沙石深埋了，有的在雪山或沙漠中探路时迷失方向后失踪……遇有这些情况，在原地挖坟象征性的掩埋便成为无奈之举。眼下这座大坟堆里到底缺了几具烈士的遗骸，我不曾知底。但是墓碑上漏掉了一位烈士的名字我却发现了，他就是章恩佑。确实不该漏掉他！

当然是后来了，我才知道章恩佑的墓在昆仑山中。那是一个拐杖坟……

30名烈士加上章恩佑，为了修建格尔木到拉萨的地下输油管线献出了他们宝贵的生命。这条输油管线全程1080公里，承担西藏所需全部油料的运送，可顺序输送汽油、柴油、航空煤油、航空柴油、灯用油等4个品种5个型号的油料。它像一条气势磅礴的巨龙，跨越雪水河、楚玛尔河、沱沱河、通天河、拉萨河等108条大小河流，翻跨昆仑山、风火山、唐古拉山、冈底斯山等9座巍峨险峻的高山，途经多处盐碱地、沼泽地，以及560多公里冻土层带，有900多公里通过海拔4000米以上的高寒地区，年平均结冰期长达7个月以上，大气含氧量只有海平面的50%。是世界上海拔最高、环境最艰苦、技术最复杂的地下输油管线。被人誉为"中国的地下苏伊士运河"。可想而知，在修建这条输油管线时指战员们付出了多少智慧、体能，乃至宝贵的生命！31名军人的身体永久地撑托着输油管线。别人不提，单说章恩佑。

章恩佑是总后勤部某营房设计院工程师，在京城一待就是30年。应该说他的单位和他所从事的工作是让许多人都羡慕得望尘莫及的。他也享受着幸福。可是，生活中竟然有这样身在福中不知福的人，突然有一天章对自己总是待在这样很舒适的环境里不满意了——那是他听到部队要在青藏高原修建地下输油管线的消息以后，很果敢地就下决心要奔向那个荒旷的大地，用一腔忠诚和一身技术去铸造这项举世闻名的工程。还是在血气方刚的年纪时，他就向往遥远的大西北，渴望着在那里实现一个心火正旺的年轻知识分子报效祖国的夙愿。大学毕业后他分配到北京工作，他只能服从需要，失去了到艰苦地方去展翅高飞的机会。他把对大西北的爱藏进心的深处。大爱人心总要发芽。现在时机到了，他主动要求上青藏大地，担任设计输油管线工程的总工程师。

"这把年纪了，别的地方都去得，权当是游山玩水。这个高原就留下让年轻人去吧！"几乎所有得知他要做这件事的人都真心地这么劝他，包括家里的妻儿老小。他的回答不但干脆，而且幽默："正因为这把年纪了，别的地方留给没有去过的人去游山玩水。高原嘛，是我盼了几十年想去的地方，要是再不去，这一生就没有机会了！"他是一个要在沸腾的工地上寻找自己生命归宿的创业者。

本来慢慢老去的章恩佑，上了高原后出奇地变得朝气勃发。在施工第一线且是最险要最吃紧的地段，人们总能看到他忙碌的身影。他组织技术攻关，解决施工难题。他走起路时总是猫着腰，绝不是驼背，在海拔4000多米的地方走路，年轻人都是这个姿势。迎面风再加上缺氧，腰是直不起来的。有谁可知，他的高山反应肯定比一般人都要严重，有时候头疼得整夜都休息不好。一次，大概是深夜两点了，他帐篷里的灯还亮着，值班员轻轻敲门探问，得知他头疼难入眠，正在地上踱步，便要找来医生为他瞧瞧。他谢绝了，说："我们还是太娇气了，你看那些战士们，小老虎似的跑着小步干活，哪个喊过有高山反应？我们初来乍到，多让冷风寒雪吹吹，过些日子自然会好的！"就是有了这样的"基准思想"，人们便看到了一个很奇怪的现象：他的高山反应比一般人都要严重，毕竟老了，抵抗力渐弱。可是他工作起来那般火辣辣的干劲，就是年轻人也让要逊他三分。一次，他拿着仪器，攀着晃晃悠悠的梯子，登上十多米高的油罐鉴定安装质量，年大体弱，再加上寒风吹着，他脚下一滑，摔了下来。这是在海拔4700米的昆仑山上，氧气奇缺的高原，他怎能经得起这样的摔打？当下右小腿跌伤，同志们送他到格尔木22医院去治疗。临行前他指着工地上的帐篷很幽默地说："人怎么就那么娇气，沾上点毛病就住院，还不把医院都挤破了？我就在这帐篷里躺几天，一切都会好的！"

当然，他还是住进了医院。在病床上一躺就是半个月，他的腿伤倒是减轻了好多，不料身上又添了新的疾病——他突然感到肝区在隐隐作痛，先是轻微的，很快就急转直下，疼得他有点支撑不住了。随着工程的不断进展，他的肝疼也在逐日加重，犯病的周期在缩短。章总心里明白，肝区的病不是三天两头就能治好的。从此开始他所有的日子都在走向末日。他已经预感到自己的生命也许要和这项举世无双的工程同时完成。话说回来，这不是挺有意义的事吗？当然，他只是在心里这么想，没有对任何人讲，包括给家里人写信。

在他决定把一切都交给青藏输油管线的时候，同时也把生命交给了死神。这个，他知道，别人也清楚。只是谁也不说就是了。

章总继续在高原上奔忙着。所不同的是，从此他总是挂着一根拐杖，迈步艰难地行走在每一个他认为需要去的地方。

拐杖是他托朋友在红柳滩专程找来的硬化了的红柳杆，结结实实、光光溜溜。他说这样的拐杖有纪念意义。

昆仑小路上，军医小朱和章总并肩而行，前往施工现场。一老一少，两代人对话。

"章总，早餐你少喝了一碗稀饭。我没有记错的话，这已经是第四天了，你的饭量在减少！"

"好个小朱医生，你在暗地里监督我哩！早晨少吃点，午饭补回来就是了。这一顿少吃几口下一顿多吃几口，很正常嘛！"

"可是，这几天的中午饭并没见你多吃呀！"

"喂，小朱，最近北京有什么消息吗？"

"不谈这事！章总，我看你是不是还到22医院检查检查身体，有病早点治总是应该的嘛！"

"我心里有数，自个的身体我哪能不放在心上。说一千道一万时间不多了，抓紧点好好工作，你我都应该这样。"

…………

不能说朱医生和同志们的规劝没有道理，也不能说章总的固执不是发自内心。生命即将被病魔耗尽，他巴不得每天都让自己回到那些梦想飞翔的年轻岁月，尽多地干些工作。他挂着拐杖忍着病痛做着每一件他应该做必须做的事情。

一年过去了，拐杖戳戳点点地迎来了365个日出日落；

两年过去了，拐杖着地的一端日日磨短，攥在手心的一头天天变光；

三年过去了，拐杖在格尔木至拉萨河谷的地段上走出了一条闪光的曲曲小路。

他的肝病已经十分严重了。

他仍然不肯住院，理由也悲壮："我不能半途而废。等到输油管线建成后，我要给自己立一座纪念碑，那时候我就躺在这座碑下长期休息了！"

同志们的眼睛湿了，谁都能听得明白，他所说的纪念碑就是墓碑。

春天快过完了，大家都琢磨着如何从冬的隧道里走出来。

三年时间，抛去坐车，章总步行的路加起来超过了2000公里。这个数字是有心人粗略估摸出来的，他根本没有心思记载它。

1978年夏日的某天午后，昆仑山被低低的阴云遮住了面目，飘飘扬扬的雪花在天空使劲地旋转。章总要离开高原回内地了，医生说，他在高原一分钟也不能再待了。他的肝病已经发展到了最后阶段。执拗的他不得不下山了。大家清楚地记得这样一个细节：在格尔木机场，上飞机前，他拿起那根平时总是不离手的拐杖，掂了掂，摸了摸；摸一摸，又掂了掂，是那么的不舍不离。他眼里含满泪花……最后才依依不舍地将拐杖交给一位战友，说："就让它留在高原，看着输油管线建成通油。它就是我，代表我的心愿！"

"它就是我！"就是这句话，在章总走下高原后，成为大家怀念章总的精神依据。每每看见那根拐杖，同志们就觉得他仍在高原工地上和大家一起奔忙。拐杖成为章总身体的一部分。

毕竟，章总下山了。拐杖孤独地、静静地靠在他睡过的那张床前。主人手心攥过光溜溜的地方，从未放弃闪光。

他回到北京就住进了医院，没有回家，直接到医院。病情危急的通知也同时下达给了他的亲人。从住院那天起，他的生命就进入了倒计时，每天都靠输液维系着生命。

此刻，在青藏高原上，地下输油管线正进行着收尾工程。三年下来，体力已经消耗得差不多所剩无几的指战员们，忍受着极大的疲劳和高山反应的袭击，做最后的奋力一搏。躺在病床上已经失去生活自理能力的章总，仍然苦思冥想地考虑着自己没有来得及做的有关输油管线的一些技术上的事情，提出了一个又一个方案，画出了一张又一张图纸。别人告诉他，管线的所有事情都有了圆满的结局，让他放心。他听了点点头，可是之后又摇了头，继续一笔一画地做着他设想的图纸……

　　那些无法寄出去的图纸，一天多似一天地叠放在病房的床头桌上。它们不可能长睡不醒，因为上面的一笔一画都在随着主人梦想的脚步奔腾不息。在主人的有生之年，它们诞生；在主人逝后，它们不死。

　　突然有一天，章总提出要再一次上高原，说是管线某个地方焊接上还有点疏漏，他要去看看。同志再三劝他，所有的问题都得到妥善的解决，他也不信，指着他画的那些图纸固执地说：不，就是这个地段有点问题，我要看着解决……

　　部队领导理解他，特派人拿着管线正常运行的照片看望他，让他亲自看看。可他呢，这时视力严重衰退，什么也看不见了，他只能让同志们给他指点着，他用手摸着照片……嘴里喃喃地说：这里还是有点问题的，小小的一点问题……我得去看看，看……看……

　　这是章总最后一次固执，可亲可敬可爱的固执。他的手在照片上缓缓地移动着，移动着，慢慢地变凉，变凉……

　　他很放心地走了。

　　从他安静的表情上可以看出，他真的很放心。

　　输油管线通油到了拉萨。

　　他却还有放心不下的事：拐杖。

　　临终前，他留下一句话：

　　"我很遗憾，我没有在昆仑山给自己做个纪念碑，我应该躺在那里休息……"

　　他依旧惦着当初打算为自己做墓碑的事。

　　后来，就是施工部队下高原之前的那个冬天，据说有几个兵在昆仑山为章总堆起了一个墓堆，里面埋的便是那根拐杖。那几个兵没有留下自己的名字，却在拐杖冢前的木板碑上写下了烈士的名字：

　　"章恩佑之墓"。

　　那个冬天很冷。寒风卷着冰硬的雪粒像一只惊鹰似的拐过了昆仑山。

　　苍茫青藏，飞溅的热血！

【尾声】

我已经在雪山下奔跋了好久，实在走不动了。不是因为疲累我才迈不开脚步，而是心绪太沉憋。就这样我身不由已地站在昆仑山中二道沟的一个无名烈士墓前，滤掉杂念，沉思一些事情。

昆仑山口海拔4600多米，我留足处是一条谷地，应该是山中最低处了。就是这最低处的墓堆把我的梦和信仰提高，把我对生命的理解提高。这里掩埋的是谁？恐怕很少有人知道，可是我知道。我只是知道墓主人的故事却无法弄清楚他的姓名及其他更多的情况。

…………

我长久地站在二道沟的泉水边，清清冽冽的水，水中似乎还有几棵野草在颤抖。我没有眼泪，涸涸的泉水就是我流干了的眼泪。

我想起了不知是谁说过的一句话，也许是诗句："岁月的柜台人心的货架，都为你留着最好的位置。"初看，这话并没有觉出有什么不妥，甚至还有几分欣赏。后来，看到在青藏高原上有这么多死后无家可归的英魂，就觉得这话不对了。这苍茫荒野难道就是他们最好的位置吗？50多年了，有谁记得他们，为他们那寒冷的身骨给过一丝一缕的温暖？

雪山，冰河，戈壁。

青藏大地是那样苍茫阔远，又是那样神秘莫测。

沉舟千古，任千帆过，浑然不知。

太阳早已悄然归山，天黑实了。我坐在石头上，望月。让月光说话。

对一位女文工团员的记忆
ZANGLINGYANG
GUIBAI

关于白房子的话题

在遥远的唐古拉山下，楚玛尔河从格拉丹冬流出来，漫至青藏公路边时，岸上出现了一排平房。白墙、蓝瓦、通体透亮，整个可可西里都因了它的色泽而显得明媚。

一排孤独、寂寞的白房子。

江河源医疗站。

白房子突兀着，没有篱墙遮拦，四周是空旷无边的戈壁滩。墙壁上那幅宣传画被大家公认是白房子的魂：一位女护士，白衣白帽，胸前露着军衣、领章，飒爽英姿。远道而来的每一个人都会觉得她是向自己招手微笑。在这个号称无人区的荒漠上，谁都能掂出这幅画的分量！

这就是生活。生活中的生活！

长江源头的可可西里是青藏高原上高山反应最严重的地区之一。许多跋涉者都因为过不了这道关隘把命丢在这里。

紧靠楚玛尔河岸的荒原上有一片极不规则的野坟，埋葬着一个又一个没留下姓名的英灵。

可可西里寂静的夜里，常常有漠风扯长音量在吼叫，那不是哀鸣，而是亡灵发出的不甘心的呼唤！

好多年前的一个夏天，京城来的一位上将路过这里驻足，走进了这片野坟。他踏响了每座坟前寂冷的石头，眉头紧紧地皱了起来。于是便有了他与陪同人员以下的对话。

这儿安埋了多少人？

总有上百个吧！

都是些什么人？

军人居多，还有一些老百姓。据说职务最高是一位中校副团长，年龄最小的只有3岁，一个兵站站长的女儿。

他们都是得了高山反应离开人世的吗？

是的。大都是因高山不适应症引起肺水肿，紧赶慢赶地送到700多公里外的格尔木医院，已经来不及了！

为什么不在这儿建个医院？

…………

不久，可可西里就有了现在这个军人组建的江河源医疗站。这已经是上世纪70年代中期的事了。

有了医疗站，就有了医务人员；有了医务人员，就很可能有女军医、女护士。其实江河源医疗站最初没有女军医，只有两个女护士。只是到了后来，女医务人员才一年比一年多了。

可可西里终于有了落脚久住的女人。她们是从沙漠里奔涌而起的一泓清泉，拽着兵们的心，朝着那个理想的梦境飞翔！

军车在一马平川的世界屋脊上缓缓地行进着。虽然轮下早已是海拔4500米的高度了，驾驶兵们却没有丝毫爬山的感觉。这是山上的平坝，这是世界屋脊的屋脊。缓坡，平山。

渐渐地，那些白房子晃动在山脊线上了，跳上了挡风玻璃。"到家了！"兵们总是这样亲切地称医疗站。心里一兴奋，脚下便狠劲踏着油门，车速快了许多。

兵们渴盼着快一点赶到白房子，自然是因为有头疼脑热的不舒服之感，想求医求药。但是还有一点埋在心底的秘密（其实在他们之间是公开的秘密），这就是急于要见到医疗站的女军医女护士。

生活在青藏高原军营里的战士们，好像被隔绝在另一个世界里，内地一般人举手之劳就能得到的享受，对于他们则像难于上青天的事。在这儿野生动物举目可见，那些耐寒善跑的野驴、黄羊、藏羚羊，常常撒开飞蹄和汽车赛跑。可是想见个人，尤其想见个女人，是很困难的。要不怎么把这里称无人区呢？无人区之来由很大程度上是指的无女人。传说，有一个兵在唐古拉山哨所服役的三年中，只见过两个女人，还都是老太太。一个是他的母亲，老人家当初无论如何没有想到儿子会去了那么遥远的地方当兵，常惦记于心，便在老头子的陪同下千里迢迢上山看望了一次儿子；另一位是藏族的老阿妈，她得了急性阑尾炎，从深山的放牧点出来求医，路过哨所时这个兵帮着把她背到公路边。

没有女人的生活是寂寞的，凄冷的。兵们日子过得之单调可想而知了。

世界本来就是由男男女女合理合法组成的，缺了任何一方都是圆月的亏欠，人们的心态就会失去平衡。

白房子在兵们的心里就是神圣女性的象征。他们想把它含在嘴里，又想把它放在心里。真的，很久很久没有见到女性的男人，一旦有了可以和女人接触的机会，他们的生命会激发出彩霞的！

从老远瞅见白房子那一刻起，汽车兵们的心就热乎起来了，心儿在胸膛里按捺不住地狂跳。离白房子越来越近了，兵们反而减下一个排挡，放慢了车速，不急于赶路了。最后将车开进楚玛尔河，熄火。

洗车。洗人。

兵们要在这条长江源头清澈见底的支流里，进行一次脱胎换骨的清洁。他们双手托起楚玛尔河，冲洗轮胎、引擎盖、大厢，就连驾驶室也要用水漫一遍。水淌在了挡风玻璃上，滑出一道道蚯蚓似的水迹。车净了，再洗脸。兵们一个个把头埋进水里，先是让舒舒缓缓的流水酥酥地冲洗眉毛、鼻梁、嘴唇，然后再扑噜扑噜地痛痛快快地用双手搓揉脸。一路的疲劳、烟尘全在这扑噜声中卸在了河里，随波流逝。

人和车都拾掇干净了，兵们再脱下油腻的工作服，换一身制式军装，领章、帽徽闪亮。这才开上车徐徐走进白房子。

穿戴整齐的护士们，照例会站在白房子前迎客。不说别的，她们那压在眉梢上的帽子就足以让人联想，如果世间的女子都像她们这样圣洁，人心肯定会变得没有污秽。

每一个来到医疗站的兵，无一例外地都要接受护士们测血压、注射疫苗、接收预防流感药物等必要的程序。然后才是有病者对号入座地找有关医生问病、开处方、取药。毫无疑问在他们不知道该找哪位医生对症看自己的病时，又是护士们来充当向导。跟着护士身后走过一个又一个病室时的那种感觉，是相当温暖的，而且很自豪。

这些平日开玩笑开得不可开交的兵们，此刻一个个变得老实极了，没有一个人出声，连走路的脚步都是轻抬慢放。十有九个兵变得腼腼腆腆，不敢抬头看护士一眼。但是他们埋在心底不约而同的愿望是：时间的钟摆这时最好移动得慢些，再慢些。他们把在医疗站待的这段有限的时间看成行车途中一种难能可贵的享受，而任何享受都应该是悄不声息的。

自然，一旦有了与护士对话的机会，兵们的倾吐是无拘束的。这种倾吐也会产生始料不及的奇效。

"你当兵几年了？"

"3年，这是第18次翻越唐古拉山了。"

"你的血压很正常，心律也蛮好，身体不错，放心地跑车吧！"

"不对，应该说自从有了你们这个医疗站以后，我们这些穿越可可西里无人区的汽车兵，才有了可以对付高山反应的好身体。每次见到你们都觉得格外亲，大家心情愉快，浑身爽劲，就是有点高山反应也不在乎它了！"

护士听了微微一笑，什么也不说。她已经听过好些兵都这么讲，他们讲得有没有道理、有多少道理？她并不去多想，只要兵们平平安安、高高兴兴地能在高原上跑车，她就很幸福了。

兵和护士的对话还会继续下去。他们还要说些什么，已经不重要了，重要的是每在这时，双方在心里都会对当年倡导设立江河源医疗站的将军的崇敬之情油然而生。懂得医学又会运用心理学的将军，理所当然要受到尊敬。

自从可可西里医疗站有了女护士以后，军车的飞轮转得轻快了，驾车人的心情也变得愉悦了。这是不争的事实。美好的事物总会使人幸福。

然而，有一天当另一个女人出现在可可西里时，兵们的心情又变得沉重了。他们甚至这样想：我们为什么要把自己的幸福建立在别人的痛苦上？在可可西里，男人有男人的心思，女人有女人的苦楚，大家都活得不容易！

梅芬大姐就是在这里永远地睡去了。

大姐。你没有走！你不会走！你坟头那蓬勃在寒风中，摇晃不定却不肯倒下的芨芨草，就是你孱弱而坚强的形象之化身！

一个月前，梅芬从黄浦江边来到西藏边防哨所，与未婚夫举行了婚礼。30多天蜜月度得她浑身香醉醉的。爱屋及乌。她甚至产生了这样的想法：高原苦吗？如果有可能我要心甘情愿地留在这里。与爱人生活在一起的人是不会知道什么叫苦的。她真的不想离开西藏了。告别爱人回内地的头三天她就心绪不宁，神情恍惚。动身下高原时，她拉着爱人的手难分难舍，以泪洗面。

忧闷的心境使她判若两人变得郁郁寡欢，高山反应乘隙而入。过唐古拉山时她感到呼吸困难，头部剧痛，心口憋得像压上了一块巨石。送她的人进退两难，硬是抱着她过了山，来到江河源医疗站。

她是躺着进白房子的。医务人员全力以赴地抢救这位深深爱着西藏的女人。但是，她还是含情抱怨地走了。青藏高原是她幸福新婚的起点，也成了她人生旅途的终点！

生与死为什么靠得这么近？幸福为什么这样脆弱？灾难为什么如此无情？

可可西里的荒原上又新添了一座坟，女人的坟。应该说它是这儿的第一座女人坟。

日出日落。格拉丹冬岿然不动。

青藏的天照样那么蓝，可可西里荒原依旧那么寂寞。白房子呢？却蒙上了一层沉闷的气氛，寒雪也盖不住它。

女人坟头渐渐地长起了芨芨草，越长越高，在隆冬里似乎也在长。一座女人坟改变了高原军人的性格，白房子在他们眼里也陌生了，却庄重、肃穆了。

凡是来医疗站求医的兵，并不急着进白房子，而是先去拜谒女人坟。他们默默地站在坟前，站着，一句话也不说，任凭眼泪在脸颊上结成冰……

可可西里确实很寂静。可是兵们希望它再清静一点。梅芬姐走累了，她需要休息。

每天，都有一队又一队军车无声地驶进医疗站。护士们风雨不避地站在白房子前迎接。她们也是默默无闻进行着体检的每一个必不可少的程序。

人们怎么变得这样寡言少语？

可可西里死不起女人啊！

天下起了大雪。女人坟上的芨芨草在风雪中摇晃，照样不倒……

芃芃的坟墓是棵小白杨

芃芃，一个男孩的名字。他还没有来得及迈进这户昆仑人家的门槛，几乎在他的哭声一顶破妈妈肚皮的同时，就从产房里匆匆地走了。戈壁滩深处一棵新栽的小白杨树下，就是他人生永久的归宿地。他死了，代表一个时代，高原新生代。不是这个时代的结束，而是开始。

芃芃的一生只有三天。

芃，生癖的字。意为草木茂盛。生活在寸草不生雪原上的父母，盼绿盼得连儿子也要上色。

芃芃的爸爸张华是唐古拉山通信连的志愿兵，妈妈唐明在昆仑山下的格尔木传呼台上班。两山相距1200里，前者海拔5300多米，后者海拔2800米。在世界屋脊上谈情说爱，自然会遇到诸多说不清道不明的困难，同时也很浪漫。这些芃芃是永远无法知道了。但是，爸爸和妈妈相爱的故事至今仍然在青藏线上美丽地流传着。一个明眸皓齿的靓妹为什么爱上大兵，这是除他们双方心明如镜外别人无须考证的隐私。人们记忆犹新的是那个细节，这一对男女青年在热恋的最初，确实有点被爱情折腾得发疯。张华经常用自行车驮着唐明，驶出格尔木城沿着青藏公路漫游。哪儿是终点？不知道。走了多久？也不清楚。张华边蹬着车子边吹牛："唐小姐，管你相信不相信，我都要把你一直驮到唐古拉山去。"唐明说："傻蛋，你疯了不是？一千多里路，驮一个大活人在世界屋脊上乱窜，不累死你也得急死你！""先累死我，后急死我，一对幸福的死鬼！"

死鬼也幸福？热恋中的混话。

他们结婚了。婚礼是在海拔较低物质条件相对优裕的格尔木举行的。张华的假期满了，唐明心甘情愿地跟着他去承受高山反应的袭击。不，甜蜜的日子里幸福泡着新婚夫妻，在他们的意识里不存在高山反应。然而，毕竟这只恶魔在吞噬着他们的灵魂，还有他们正在痛苦而幸福地完成着的另一个生命——明天的小太阳。

黎明到来之前，是忍耐的时刻。

唐明怀孕了，就在唐古拉山上。无论父母是否意识到，芄芄的细胞里已经扩散了高山反应的毒汁。

张芄芄离出生只剩下9天时，唐明提笔给未出世的儿子写了一封信——

亲爱的宝宝：

我最心爱的孩子，你终于要带着妈妈对你的祝愿、期望和无尽的爱，来到这个世界了。

宝贝，当温暖而明媚的阳光接纳你的那个时刻，你用新奇的眼睛看吧，用精灵的耳朵听吧，用纯清的心灵去感受吧——你妈妈和爸爸生活着的这个青藏高原是如此美好！温柔的风抚摸着银洁的雪山；阿尔顿曲克草原上的草儿正舒展着嫩鲜的叶芽；格尔木河淌到戈壁滩后，分流成一条条小溪无忧无愁地唱起了歌；大街两旁的男男女女正手拿鲜花欢迎来自北京的援藏干部……

我的宝贝，向上苍虔诚地祝福并真诚地感恩吧——高原多么美好！人间多么幸福！生活多么可贵！爱你的世界吧，你会得到很多很多！

　　孩子，妈妈祝愿你：健康。

你的母亲吻你

1999年5月26日

　　唐明从小就做着当作家的梦，这封信中流露出的文采可以做证。她写这封信是用了心思的。但是她哪里会想到这是一封没有收信人的信。

　　至今这封手写的信还镶在一本精美相册的首页。只是相册里没有一张照片……

　　应该说，芁芁的出生还是顺利的。这着实让妈妈唐明高兴了一阵子。张华没有听到儿子的第一声啼哭。他正在唐古拉山上为抢救一个突然患高山病的战士而忘掉一切地忙碌着。

　　儿子出生的当晚，张华才风尘仆仆地带着唐古拉山的风雪，踏进了产房。他并不看妻子，目光就粘在了儿子脸上，一直望着，久久不肯收回。他说："儿子，叫一声爸爸！"半躺着的唐明回敬他一句："看把你美的。儿子还不会说话呢，就是会说话了，你打听打听去，哪个孩子学说的第一句话不是喊的妈妈？"张华傻笑。

　　从那刻起，张华就穿梭似的奔走在医院与军营之间，给妻子送鸡汤，给儿子送小衣服。那轻快的脚步声分明要告诉高原上所有的人，他张华有儿子了，妻子是在唐古拉山怀上儿子的。骄傲！

　　芁芁出生后的第二天晚上，张华十点离开产房时，儿子还睡得安安稳稳，他深情地对儿子说："给爸爸说声明天再见！"妻子损他："别忘了，你已经是30岁的人了才得到儿子，有啥本事，值得那么张扬吗！"

　　张华相信明天的太阳会继续照亮产房的小窗。但是，他万万没有想到，他准备远行的脚步刚一出门，就被一场疯狂的大雨缠绕。

　　第二天，芁芁躺在唐明怀里永远地去了另一个世界。唐明抱着儿子哭得死去活来，张华发疯一样质问医生："昨天还好好的，为什么过了一夜就发生了这样的事？"医生告诉他，孩子是因为缺氧而致命的。张华大声咒骂着那高山反应：你太可恶，连一个出生的孩子都不饶过！说罢，他竟然抱着妻儿一起哭叫起来。这哭声把昆仑山巅六月的积雪也震得融化了，雪泪。

六月雪，六月泪。

张华抱着儿子，径直向昆仑山下的茫茫戈壁滩走去。到哪里去？他似乎也不知道，只是毫无目的地走着，走着。

仿佛有哭声传来，是妻子？他止步，倾听，却什么也没听到。他又朝昆仑山走了。

他走呀走呀……

初升的太阳把他的影子拖得很长很长，那影子也抱着一个孩子，与他同行。

有个人悄悄地跟在张华后面，始终与他保持着一定距离。他走那人也走，他停那人亦停。

连张华也不知道走了多长时间，当一棵小白杨树出现在眼前时，他才止步。好像他走这么远的路就是为了找到这棵树。

那人也停下了。

张华回转身，发现战友小杨站在身后，他并不诧异。小杨很坦率地说：

"这样的事摊到谁的头上也是一个闷棍，一时想不开，什么事都可能发生。我跟着你，心里好放心。另外，芄芄的这些衣物要随他一起去，我就带来了。"

张华发现小杨怀里抱着一大摞小衣小裤小帽小鞋什么的，那都是唐明在儿子出生前一针一线缝成的。小杨走得满脸淌汗，张华心里滚过一股暖流。他说：

"无遮无拦的大戈壁滩，总得给芄芄找个避风躲雨的地方。就在这棵白杨树下吧，让芄芄和它在一起，做个伴儿。还有我和他妈在这棵树的指引下，也好认门找到孩子。"

他俩很快挖成半米深的一个坑。小杨把那些衣物放进坑里，说：

"垫厚些孩子睡得暖和，昆仑山里太冷。"

张华脱下短袖军衣，轻轻地搁进坑里："我永远和他在一起，他就不寂寞了。"

安葬完毕。

芃芃的墓堆很小，如果不细看是很难发现的。张华说：

"这荒郊野外野虫多，不留坟堆免得它们伤害孩子。再说，我也不想让唐明知道孩子的安身地。他来到这个世上才三天，太叫人伤心了！"

芃芃的坟墓是棵小白杨。

张华站在芃芃墓前，脱帽，深深三鞠躬。年前，战友小孙死于高山病后，他为他送别时，就是这样三鞠躬。在高原，每年有多少人丧命于这种无情的顽疾！

张华没有马上离去，他舍不得儿子。他在芃芃的坟前蹲下，点燃一支烟，说：

"芃芃，你抽烟吧，你要学会抽烟。抽烟能排除苦闷。芃芃，你为什么出生三天就要走呢？肯定是爸爸在什么地方做了对不住你的事，伤了你的心。对啦，生你那天，爸爸不在你身边，是妈妈一个人把你接到这个世界上的。妈妈说她好累呀，但她心里实在很高兴，为儿子受苦受累怎能不高兴呢？爸爸没回来，这事不由爸爸呀，爸爸是个军人，军人就得听从命令。这些，你年龄太小现在还不懂……"

他打住，不再往下说了，热泪满面。芃芃哪有现在，更谈不上明天了！他的生命只有三天。

稍停，张华擦去泪水，对小杨说："我应该为儿子骄傲，他还没有出生的时候，就跟着妈妈上了唐古拉山。我的好儿子！"

小白杨在风里俯下了身子。它是向芃芃这位上过唐古拉山的小英雄鞠躬哩！

唐明知道了芃芃的安葬地，是在两个月以后。是张华主动告诉她的。妈妈长期不知道儿子的归宿，是要操碎心的。瞒着她是一种罪过。

张华和唐明每月都要一同给儿子祭坟。每次祭坟时，他们总会带些水果、点心之类的祭品。娃儿年龄小，不能喝酒也不会抽烟，就让他多吃些可口的食品吧！他正在长个头，营养要跟上——他们确实就是这么想的。最后他们再烧纸，据说这些纸到了阴间就变成了钱，让芃芃拿上钱去买他需要的东西吧！烧完纸，他们便跪在坟前哭起来。爸哭儿，娘哭娃，长跪不起，久哭不止。

小白杨在风里轻摇着枝叶，那是在跟着这对年轻的父母一起哭坟。

这是芃芃远去后半年的一天傍晚，大年三十日。夜幕徐徐落下罩，暗了戈壁滩。张华、唐明默默地坐在小白杨树下。张华吸着烟，地上已经扔了一层烟蒂。唐明跪在地上，将一盘饺子分在三个小盘里，说：

"芃芃，今天是大年三十日晚上，咱们在一起吃个团圆饭。你吃大盘的饺子，两个小盘归爸爸和妈妈。你一定要多吃几个饺子，妈心里才高兴。孩子，记住了吗？"

张华说："儿子，戈壁滩太冷，你夜里睡觉时一定要盖好被子，把爸的那件军衣也压上面，千万千万别着凉。"

…………

没有月亮，满天的星星眨着细细的眼睛，静静地看着这两个孤独的祭坟人。他俩静坐无语。不久，天气大变，飘起雪花。雪，覆盖了昆仑，覆盖了戈壁。只是，他们的悲痛，雪压不住。

依然呆坐不动的两个守坟人……

一个兵站三个兵

谷露，这两个字作为一个小镇，依然标记在藏北草原的版图上。可是谷露兵站从现实生活中已经消失了，永远地消失了。那个年代，平息西藏叛乱，这儿的荒原上在某个飘着雪花的清晨，猛乍乍地临时撑起了三顶军用帐篷接待进藏出藏的部队。过往的部队走过之后，帐篷静悄悄的显得很孤独。偶尔一声野狼的叫声会把春天推得更远。早早晚晚都有隆隆压地的军车从兵站驶过，兵们渴了就停车喝口水，饿了便进站吃一顿饭。然后又精神抖擞地登车前行。大家都称它为中午站，意思是说只管吃饭不管住宿。三个月后，叛乱平息，兵站也撤销。来有影，去无踪。

谷露兵站是个拇指站，只有三个兵。站长带着两个炊事兵，跑前跑后忙得脚跟打后脑勺，就是为了给过往战友做好一顿饭。三个兵都是挑选来的一专多能的精兵，就说站长吧，他是汽车学校毕业的，开车修车的好把式。两个兵一个当过卫生员，另一个会干木工活。

"给一个连队做饭和招待一个兵吃饭，对我们兵站来说都同样重要。一句话，我们要保证战友吃好吃饱！"这是在召开全站军人大会上站长说的。

那年寒冬里就有一个汽车兵要他们接待，只是这个战友没有来到兵站，而是在10多里外的冈底斯山下。他驾车奔往拉萨的路上，车子突然抛锚，一时半会儿修不好，只得留下守车。这种情况当时在青藏公路上非常普遍，我们国家刚会制造汽车，数量很有限，部队装备的全是二战时淘汰下来的破旧汽车．动不动就坏。顺口溜："兰州到拉萨，一路扔的大依发。"依发牌汽车是从民主德国进口的旧柴油车。"他已经整整一天一夜没咽一口东西了，饿极渴极。我们把身上带的仅有的一点干粮留给他，可那也顶不了一顿饭呀！"捎来口信的战友很焦急地这样说。

站长没有犹豫，立马就和两个炊事兵做好饭菜，让其中那个懂点医道的炊事兵上路送饭。站长想得很周到，抛锚的汽车兵万一有个头疼脑热的毛病，这个身兼二职的炊事兵就派上用场了。至于这个炊事兵左肩挎着保温桶右肩挂着出诊包，顶着寒风、缺氧怎样在山路上跋涉，终于把饭菜送到战友手中。战友又是如何的千恩万谢。这些场景我统统省略，不提；单说他送罢饭就马不停蹄地返回兵站，站上人手少，一个萝卜一个坑，还有许多事情等着他忙乎哩！他仍然步行，此刻正是中午，藏北草原依旧空落落地荒凉。忙碌的，依旧是没完没了刮着的白毛旋风。

兵穿过一片积雪的冰凹地，来到八塔前，猛地看见路边的草滩上有一个藏族妇女坐在一群羊中间，正在苦苦挣扎，脸上的肉都抽得起皱了。凭职业的经验和敏感，他断定这是个病人，便上前询问。那藏妇半躺半坐着，身上铺着一件羊皮袄，双手按揉着腹部，不时地说着什么。兵不懂藏语，一句也听不懂。但他马上看出来了这妇女要生小孩了。不是吗，羊皮袄的茸茸细毛上已经流下了点点血迹。兵有点慌乱，帮不帮忙？怎么帮呢？就在他进退两难时，那妇人倒是主动示意了，向兵招招手。他理解那是让他坐下，他顺从了，坐在羊皮袄之外的草地上。妇人便将头半枕在兵的膝盖上，稍有安静。原来藏家人有风俗，女人生小孩时要靠在男人身上，这样心里踏实，也会少受些罪。这阵子，经过一阵忙乱挣扎的妇人，也许恍惚中觉得自己回到家中，靠了丈夫那温馨的坚实的身上，心里踏实。很快，就听到婴儿一声响亮的啼哭，小生命诞生了。妇人满脸的汗珠，却也掩盖不了轻松的微笑。她正准备用羊皮袄包裹婴儿时，兵忙制止，脱下自己的棉大衣，把孩子包好。接下来，妇人就要剪脐带了，这些都得她自己完成。藏家女人世代都是自己给自己接生。只见她不知从什么地方拿出一把锈迹斑斑的剪刀，但是还没等她下手，又被兵制止住了。他是兼职卫生员，药包里常备有喷灯，消毒、取暖，兼而用之。这时他点起喷灯，将剪刀放在火苗上消毒……那蓝色的灯焰，将严冬的草滩照得融融的暖！

　　后来，炊事兵一直等到妇人的亲人赶来，他才放心地离开，重新踏上了回兵站的路。他脚步轻轻，走得很快，满脸挂笑。因为他又一次双手捧着一个军人的爱心，煨热了这世界的清冷。

　　今天我在这里追记40多年前的这个故事，是想让自己在这个人心冷暖不匀的季节变纯洁一些，干净一些。我不会忘记八塔下那个喷灯的灯焰，那是藏北军人一生的炫耀。那个婴儿如今也该有40多岁了吧，早该生儿育女了。阿妈如果还健在也是60多岁70岁的老人了。让我心有不安的是，那个炊事兵，我始终不知道他的名字。谷露兵站其他两个兵的名字我也不知道。他俩的故事也蛮多且很感人。我只得省略，余后再写。这篇短文如果能让这三个兵中的哪怕有一个人看到，我想我就会有意外的收获！

会唱歌的"酒瓶墙"

　　除去下雨飘雪的日子，藏族老人强曲森巴照例要怀抱着散发酒味的酒瓶，从老远的地方颠到帐篷前的坡下，像垒石头墙一样，认真地将酒瓶码成垛。渐渐地酒瓶垛长高，变长。一月、一年、十年……藏北草原上就有了这道诱惑四方游人的酒瓶墙。

　　"酒瓶墙"出现于哪年哪月，这是许多人都无法说清的事情。可是强曲森巴还记得他最初垒酒瓶时才30来岁，如今已是儿孙满堂的老者了。他"金盆洗手"不出牧不打草，整天窝在帐篷里逗孙孙玩，子承父业，老人两个儿子每次游牧归来都会抱着一大堆酒瓶。

　　两代人，把半个草原和一腔寄托藏在酒瓶里。

　　酒瓶垒放得十分整齐，瓶口一律朝外，敦厚的瓶底像结实的院墙一样挡在这家游牧人的帐篷前。其实强曲森巴老人垒起"酒瓶墙"的初衷真的不是出于安全的考虑，而是为了消遣。方圆近百里的荒漠上就住着他一家人，不要说见到人，好几天里连只鸟都瞅不到。天空总是那么高那么远，地上的枯草在寒风中哆哆嗦嗦，把人的心颤动得悲悲凄凄。遇着歇牧在家的日子，强曲森巴蹲也不是走也不是，心里总是没个着落。于是他便静静地坐在帐篷前的拴马桩旁边，寂寞地吸着鼻烟，从清晨到中午，直至夜色降临，不挪地方，静如石雕。就这么坐着时候，他陡地看见草丛中有啥东西亮亮地闪了一下。他好奇地发现就在离他三步远的草丛里不知是谁扔下一个啤酒瓶，在阳光下闪射着灼灼的光。那鼻烟的火星真神奇，猛地点亮了他脑子里的某个神经，他腾地闪出了一个从来没有的想法：草原以外的世界一定是一个热热闹闹的场面，我什么时候能走出草原看看？噢，正是这个不知来自内地何处的酒瓶引发他有了个彩色的念头……

老人对酒瓶的钟爱因为对外面世界的向往而浓烈。他更加勤快地拾捡着散落四方草滩上的酒瓶。

终于在一个静悄悄的夜里，那些酒瓶回报了强曲森巴的心愿。那晚落下了入冬后的第一场雪，藏北草原陡地变得如冰窖一般生冷。后来又起了风，风却不大，慢慢悠悠，柔柔绵绵，犹如一位老者在草滩上散步留下的脚步声。就是在这时候，强曲森巴听见了夹杂在那细风中的很美的声音。确实这声音很美，怎么比喻它呢，就好像牧人在放牧时打出的口哨。不，口哨哪有它入耳、绵长？不，它又像一个顽童唱着什么小调。老人马上想到这声音是从那些酒瓶中发出的。他欠起身子，支棱起耳朵，静心地听起来，几乎一夜未合眼。他陶醉在这酒瓶的音乐声中了。

次日，老人到酒瓶堆中寻找那声音，却什么也没找到，他还纳闷：酒瓶怎么能发出这么美妙的声音？老人绕着"酒瓶墙"转了几圈，甚至拿下一个冰冷的瓶子端详了又端详，仍然什么也没发现。得不到答案他总是不甘心，便去求教在小学读书的孙女，孙女像阿爷一样无法解开这个疑团，但是她给阿爷带回了她们学校的老师。老师告诉阿爷，是这瓶口收进了风，风在瓶的肚子里旋转了一趟，又飞出瓶口，就变成了那种他大半辈子也没听到的动听的声音。这声音叫音乐，就是给才旦卓玛伴奏的那种音乐。老人仍然半懂半不懂，愣愣地站着。老师就让老人的嘴对着瓶口喊了一声，果真飞出了一种陌生的声音，对啦，这就是音乐。酒瓶制造的音乐。

有位哲人说过，生活中到处都有美，就看你能不能发现美。大半生没走出草原的强曲森巴很可能不知道哲人这句名言，但是他绝对是一位美的发现者。从此他的生活过得有了色彩，许多人在寂寞的藏北也享受到了美。

老人继续忙碌着拾捡散落在草丛中的那些各种形状的酒瓶，有时一天能抱十几个，有时半天就能抱回几十个。每次在捡酒瓶时，他脑海里就会冒出这样一个奇怪想法：酒徒多些，再多些……

耸立在帐篷前的这道高高的"酒瓶墙"，在有风的日子，就会弹奏出美妙、悠长的音曲。和风中，它唱出的是小河流水样的情歌；疾风中，它唱出的是大江东去样的欢歌……寂寞从老人的生活中永远地消失了，他变得年轻了，常常跟着那"酒歌"还要吼上几句藏家的民歌。那民歌是从他的阿爷嘴里传下来的。不过，阿爷不是唱给他听，而是说给他听的。为什么呢？阿爷说，祖祖辈辈都是说歌，没有调调了，不会唱了！

如今，在这"瓶歌"声中，强曲森巴终于找回了失去的歌调。听，他唱的是那样动听：

在蓝天的那边，

在雪山的这边；

有一个可爱的人儿，

牵动着我的思念……